KB063405

로크미디어가
유혹하는
재미있는 세상

ROK
MEDIA
로크미디어

이것이 법이다

이것이 법이다 60

2019년 3월 20일 초판 1쇄 인쇄
2019년 3월 25일 초판 1쇄 발행

지은이 자카예프
발행인 이종주

기획 팀 이기헌 왕소현 박경무 이승제
책임 편집 최전경

발행처 (주)로크미디어
출판등록 2003년 3월 24일
주소 서울시 마포구 성암로 330 DMC첨단산업센터 3층 318호, 319호
Tel (02)3273-5135 **Fax** (02)3273-5134
홈페이지 rokmedia.com **E-mail** rokmedia@empas.com

값 8,000원

ISBN 979-11-294-0843-3 (60권)
ISBN 979-11-255-9575-5 04810 (세트)

이것이 법이다

60

자카예프 장편소설

로크미디어

CONTENTS

인생은 함정투성이

"아빠, 이렇게는 못 살아요!"

"차라리 군대가 편하다고요!"

홍준태의 아들과 딸은 홍준태에게 소리를 질렀다.

기분 좋게 여행을 마치고 들어오자마자 그들은 끌려가서 최악의 일을 하게 되었다.

아들의 경우에는 철탑 공사 현장으로 끌려갔다.

이게 절대로 쉽지 않은 게, 철탑이라는 것은 산속에 있는 경우가 많았고 당연히 접근하는 도로가 없기 때문에 수십 킬로그램의 장비와 재료를 매일같이 짊어지고 산을 올라야 한다.

거기에다 그 높이 자체도 어마어마하게 높은 게 철탑인지라 일은커녕 매일같이 살려 달라고 비명을 지르는 게 하루

일과였다.

당연히 일당을 받기는커녕 직원들의 짜증만 잔뜩 뒤집어 쓰고 올 뿐이었다.

"넌 몸만 힘들지, 난 정신이 썩어 버리는 것 같아!"

딸이 끌려간 곳은 다름 아닌 룸살롱.

속칭 '웨이터'라고 불리는 것이 맡은 일이었다.

일 자체가 절대 쉬운 것도 아닐뿐더러 온갖 진상들이 그녀를 부르고 만지고 옆에 앉히려고 하기 때문에 하루하루가 지옥이었다.

그러나 짜증을 내거나 하면 지켜보던 조폭들이 웨이터가 아니라 아가씨로 취업시켜 버린다고 해서 그럴 수도 없었다.

"나는 어떻고……."

한숨을 푹 쉬는 아내.

그녀는 모텔 청소부로 일하고 있었다.

남자와 여자가 질펀하게 놀고 간 수십 개의 방을 계속 청소하고 빨래하고 정리하고 정액을 닦아 내는 등 더러운 꼴을 하고 있으려니 속이 터질 것 같았다.

"차라리 그 돈 줍시다. 그러면 되잖아요."

아무리 일해도 내일이 없다.

내일이 되면 다시 지옥이 시작된다는 것은 그들에게 엄청난 정신적 스트레스를 불러오고 있었다.

"안 돼! 그게 어떤 돈인데! 그게 얼마인지나 알아! 무려 60

억이라고! 60억!"

"쓸 수가 있어야 우리 돈이지! 구경도 못 하는데 무슨 의미가 있어요!"

아내는 결국 화가 난 듯 크게 소리를 질렀다.

아무리 자신들이 돈을 잘 빼돌렸다고 해도 그게 쓸 수 없는 돈이라면 무슨 의미가 있단 말인가?

도리어 그 돈을 누군가 찾아내서 가지고 가 버린다면 자신들은 돈도 구경하지 못하고 인생을 망치는 거다.

"하지만……."

"씨발, 이렇게 일한다고 해도 진짜 의미도 없잖아요!"

아들은 짜증스럽게 말했다.

사실 이렇게 일해서 돈이라도 갚을 수 있다면 의미가 있을지 모르지만 이들 네 명이 아무리 일해도 매일같이 불어나는 이자도 갚지 못하는 것이 현실이다.

더군다나 일이 익숙하지 않아 일당도 제대로 받지 못하고 있으니…….

"여보, 그냥 그 돈 돌려줍시다."

"네, 아빠. 차라리 그 돈 줘요."

"우리 이러다 죽어요."

"끄응……."

홍준태는 딸의 마지막 말을 부정할 수가 없었다.

처음에는 더러운 일로 시작한 것이 지금은 위험한 쪽으로 넘어가고 있다.

오늘 홍준태가 끌려가 한 일은 다름 아닌 고층 빌딩 청소.

밧줄 하나에 매달려 고층 빌딩을 청소해야 한다는 소리에 그는 절로 다리가 풀렸다.

청소는커녕 옥상에서 살려 달라고 고래고래 비명을 질렀고, 짜증이 난 야쿠자는 그를 줄로 묶어서 난간에 매달아 버렸다.

당연히 오늘 일당은 한 푼도 없었다.

"젠장."

홍준태는 머리를 부여잡았다.

처음에 그들이 찾아왔을 때만 해도 시간이 어느 정도 지나면 포기하고 갈 줄 알았다.

그런데 포기는커녕 악착같이 자신을 따라다니고 있다.

그나마 밤에는 놔두는 것 같지만.

'하지만……'

이성으로는 이렇게 못 산다는 것을 알고 있다.

익숙해질 만하면 다른 일, 익숙해질 만하면 또 다른 일…….

이런 식으로는 절대로 익숙함이나 평안함을 얻을 수가 없다.

매일같이 삶이 지친다.

"여보, 내 머리를 봐요."

"나도."

"난 벌써 위장병까지 생겼어요."

인생 자체가 고통이 되자 병이 찾아오고 탈모가 시작되었다.

그건 홍준태도 마찬가지.

이성적으로는 그 돈을 주고 자신들이 풀려나는 것이 맞다는 걸 알고 있다.

그럼에도 그는 포기할 수가 없었다.

'무려 60억이라고!'

평생 떵떵거리면서 살 수 있는 돈.

절대적으로 갑질할 수 있는 돈.

그런 돈이 바로 60억이다.

물론 지금까지 펑펑 써 대긴 했지만 여전히 많은 돈이 남아 있다.

"그 돈! 쥐고 죽으려면 혼자 죽어요!"

결국 화를 참지 못한 아내가 분노에 찬 고함을 내질렀다.

쓰지도 못하고 구경도 못 하는 돈이다.

'저들이 과연 자신들을 포기할까?' 하고 자문해 보니 그럴 것 같지 않다는 생각이 들었다.

야쿠자들에게는 수십만 명의 사람들이 있다. 그들을 동원하는 거야 일도 아니다.

"크윽."

홍준태는 이성과 감성의 싸움에서 고통스러워하고 있었다.

그러나 그 싸움은 그다지 오래가지 않았다.

"내일은 쉽니다."

"네?"

이게 무슨 하늘에서 내려온 감미로운 목소리란 말인가?

지금까지 단 하루도 빠지지 않고 나가서 일해야 했다. 그래서 당장이라도 죽을 것 같았다.

그런데 내일은 쉰다니?

"그러면 내일은 우리 마음대로 해도 된다는 건가요?"

마치 군대에서 외출이나 외박이 인정되는 것처럼, 그들은 마음이 붕 들떴다.

그러나 그다음에 들려온 말에 그들의 그 마음은 지옥으로 떨어졌다.

"아니요."

"그러면?"

"내일은 건강검진을 하는 날입니다."

"건강검진?"

"물건은 잘 관리해야지요. 적합성 검사도 좀 해야 하고……. 아, 마지막 말은 못 들은 걸로 하세요."

씨익 웃는 야쿠자.

하지만 그게 무슨 뜻인지 충분히 알아들은 네 사람은 등골이 오싹했다.

"저…… 적합성 검사요?"

"못 들은 걸로 하시라니까요."

"아니, 어떻게 못 들은 걸로 합니까?"

"뭐, 결국 끝이 이럴 거라는 거, 알고 있잖아요?"

어깨를 으쓱하는 야쿠자.

"내일 검사할 겁니다. 구해 달라는 소리 같은 거 할 생각
은 마세요. 우리 쪽 사람이 와서 검사할 테니까."

씨익 웃는 남자의 말에 그들은 온몸이 부들부들 떨렸다.

진짜로 이대로 있다가는 산 채로 내장을 뺏길 수도 있을
것 같았기 때문이다.

"걱정하지 마요."

야쿠자는 웃으며 말했다.

"적합성이 없으면 내장 떼어 내는 일 같은 건 없을 테니까."

"으흐흐흑…… ."

"흑흑…… ."

네 사람은 절망적으로 주저앉아 버렸다.

다음 날 진짜로 의사와 간호사가 왔다.

그들은 네 사람을 검진하고 집을 떠났다. 그리고 다음 며
칠간 연락이 오지 않았다.

그래서 홍준태의 가족이 다행이라고 생각할 때쯤이었다.

벌컥, 문이 열리면서 건장한 사내들이 들이닥쳤다.

"뭐…… 뭡니까! 뭐예요! 뭐 하는 거예요!"

지금까지 퇴근한 이후에는 건드리지 않았다. 그래서 최소한 집에 온 후에는 쉴 수는 있었다.

그런데 갑자기 그들이 들이닥친 것이다.

"끌어내."

"뭐라고요?"

"네."

하지만 가족들이 항의하든 말든 그들은 홍준태에게 달라붙어서 그를 강제로 끌어냈다.

"여보!"

"아빠!"

"아빠!"

가족들이 매달리고 홍준태는 몸부림쳤지만 그들을 이길 수는 없었다.

결국 그는 속절없이 어디론가 끌려갔다.

"아악!"

"살려 줘!"

"여보!"

"살려 줘! 뭐든 다 할게! 살려 줘!"

발버둥 치는 홍준태.

그러나 남자들은 가차 없이 끌고 가서 그를 강제로 차에 태웠다.

"아악!"

그를 태운 차가 멀어져 갔다.

뒤에 남은 가족들은 그저 눈물을 흘리면서 주저앉는 것 말고는 방법이 없었다.

$$\text{⚖}$$

"어떻게 할까요?"

노형진은 마취 상태로 침대에 누워 있는 홍준태를 보면서 미소를 지었다.

"참 징하게 버티네요. 이렇게까지 할 생각은 없었는데."

"그러니까요. 어차피 쓰지도 못할 돈, 차라리 주고 자유를 사겠다."

"그럴 생각이면 애초에 사기 치지도 않았을 겁니다."

노형진은 그렇게 말하며 잠들어 있는 홍준태를 바라보았다.

돈에 눈이 멀어서 미래가 어떻게 되어 가는지도 모른 채로 버티기만 한 것이 바로 홍준태였다.

"마음 같아서는 놔두고 싶은데."

평생 돈을 버는 족족 빼앗고 인생을 시궁창에 처박고 싶었다.

하지만 그럴 수가 없었다.

그가 불쌍해서가 아니다.

그가 쥐고 있는 돈.

그건 누군가의 목숨값이고 누군가의 가정의 가치다.

그 돈이 없어서 자살할 수도 있고, 홧병으로 죽을 수도 있다. 그리고 그 돈이 없어서 서로 싸우고 이혼할 수도 있다.

만일 그렇게 된다면 그 가정에 속해 있는 아이들의 미래는 어떻게 된단 말인가?

"악착같이 버틴다면 방법이 없지요."

어깨를 으쓱한 노형진은 뒤로 물러났다.

"시작하세요."

"진짜로 해도 됩니까?"

"네."

"거참…… 내가 어둠의 의사 노릇을 오래 하기는 했지만 이런 건 또 처음입니다."

마스크를 쓴 의사는 앞으로 나서면서 말했다.

"하지만 이런 일은 또 참 반갑네요. 나도 나쁜 놈이지만, 나쁜 놈은 싫거든요."

"후후후."

그는 미소를 지으면서 옆에 있던 칼을 들었다.

"시작하겠습니다."

그러자 그 말을 알아들은 듯 마취를 한 홍준태가 움찔했다.

"……."

홍준태는 방에 멍하니 앉아 있었다.

복부에서 느껴지는 희미한 통증.

고개를 들어 거울을 보니 배에는 기다란 상처가 나 있었다.

"이럴 수가……."

자신의 신장을 빼 갔다.

그나마 신장은 두 개여서 하나는 빼 가도 죽지는 않는다.

그가 깨어났을 때에는 수술은 끝나 있었고, 복부에서는 통증만이 느껴질 뿐이었다.

그리고 그들이 그랬다, 신장을 빼 갔노라고.

"으으으……."

농담이 아니었다.

설마 설마 했는데 진짜로 신장을 빼 갈 줄이야.

더군다나 그들은 수술 후에 바로 일을 시킬 수는 없으니 일주일 동안 쉬게 해 준다고 했다.

그리고 가족들은 다시 끌려 나갔다.

그는 혼자 남아서 머리를 부여잡고 고통스러워하며 자신이 왜 그런 말도 안 되는 선택을 했는지 후회했다.

"흑흑흑……."

그는 고통에 몸부림치면서 후회했다.

그러나 그와 반대로 그의 욕심은 절대로 그 돈을 포기하면 안 된다고, 여기서 포기하면 전부 끝이라고 그에게 속삭이고 있었다.

"그래…… 누가 죽나 버텨 보자, 개자식들."

남은 건 악뿐인 홍준태의 눈이 벌겋게 변했다.

"아직도 말 안 해?"

"그래, 안 하네. 진짜 독종이기는 하다."

손채림의 말에 노형진은 머리를 절레절레 흔들었다.

설마 이렇게까지 버틸 줄이야.

"설마 신장이 아직 있는 거 안 거 아냐?"

"그건 불가능하지. 자기가 배 가르고 그 안을 볼 수 있는 것도 아니잖아. 병원에 간 것도 아니고."

"그러면 오로지 악심 하나로 저렇게 버틴단 말이야? 헐, 대단하다고 해야 하나, 독하다고 해야 하나?"

손채림은 혀를 내둘렀다.

사실 신장을 꺼냈다는 말 자체가 거짓말이었다.

물론 불가능한 것은 아니지만, 노형진은 그런 장기 매매에 끼어들 생각은 눈곱만치도 없었다.

배에 수술한 자국은 있기는 하지만 그건 어디까지나 가짜다. 살짝 피부만 가르고 그걸 티가 나게 의사가 꼬매어 둔 것이다.

아픈 거야 당연하니, 그는 그게 가짜라고는 생각도 못 할 것이다.

"가족들 장기라도 떼어 내야 알려나?"

"아니, 저런 타입은 그래도 말하지 않을걸."

"뭐?"

"저런 타입은 같이 죽어도 반성은 하지 않는 타입이야."

그러니까 가족들이 모조리 장기가 발려서 죽는 한이 있어도, 심지어 자신이 죽더라도 돈이 어디에 있는지는 말하지 않을 것이다.

"그러면 어떻게 해? 놔둬? 포기해?"

"아니, 그럴 수는 없지."

사실 이런 게임은 미묘하다.

치킨 게임이라고 해서 포기하는 사람이 지는 건데, 저쪽에서는 물러날 생각이 없기 때문이다.

"그러면 방법을 바꿔야지."

"어떻게?"

"저들이 독해진 만큼 그에 맞게 말이야."

"이런 상황에서도 방법이 있는 거야?"

"이런 상황이라 방법이 있는 거야. 자기가 독해진다고 다 좋은 건 아니야. 사실 독해지거나 분노에 휩싸이면 시야가 좁아지거든. 그래서 극단적인 방법을 많이 선택하지."

"극단적 방법?"

"그래. 그리고 난 그 기회를 줄 뿐이고."

노형진은 턱을 긁으면서 말했다.

"자, 그러면 이제 슬슬 출근을 시킬까?"

홍준태는 얼마 후 다시 출근했다.

몸은 여전히 아프지만 야쿠자들은 그에게 진통제나 던져 줄 뿐, 그 외에는 전혀 배려해 주지 않았기 때문이다.

그리고 아내와 아이들은 점점 반쯤 미쳐 가고 있었다.

실제로 홍준태가 끌려가서 장기를 적출당했다는 걸 알고는 매일같이 울고불고 밤에도 비명을 질러 대면서 일어났다.

사는 게 사는 게 아니었다.

그럼에도 불구하고 홍준태는 악물고 버텼다. 한순간 기회만 잡으면 벗어날 수 있다고 생각했기 때문이다.

"오늘은 여기를 청소하는 거다."

야쿠자는 홍준태를 끌고 어떤 창고로 향했다.

"제대로 하지 않으면 오늘도 일당은 없는 거야."

"……."

"김밥이라도 얻어먹으려면 제대로 일하라고."

야쿠자들은 낄낄거리면서 창고 바깥으로 나갔다.

그리고 홍준태는 이를 악물고 청소를 시작했다.

얼마나 오래된 건지, 아무리 청소해도 티가 나지 않았다.

사방이 곰팡이로 가득하고 물건을 꺼낼 때마다 쥐와 바퀴벌레가 튀어나왔다.

"젠장."

아픈 몸을 이끌고 무거운 쓰레기를 옮길 때마다 통증이 올라왔지만 그는 저항조차 할 수 없는 처지였다.

"망할, 망할……. 기회만 온다면……."

하지만 무력으로는 그들을 이길 수가 없다.

더군다나 가족들도 잡혀 있으니 저항하는 것은 불가능하다.

"젠장…… 한 번만 기회가 온다면……."

그는 그렇게 중얼거리면서 끊임없이 욕설을 내뱉었다.

그런데 하늘이 그를 도와주려는 것인지, 그런 그의 눈에 들어온 것이 있었다.

"이건?"

'쥐약'이라고 쓴 봉투.

그 봉투를 본 홍준태는 눈깔이 뒤집혔다.

쥐약.

보통 쥐를 잡을 때 쓰는 물건이지만 사람이 자살할 때도 쓴다.

충분한 양을 쓴다면 사람도 죽일 수 있는 물건이니까.

'이건…….'

그는 주변을 두리번거렸다.

하지만 보는 사람은 없었다.

먼지가 나기 때문에 야쿠자들은 바깥에서 자신을 기다리고 있었다.

그들의 임무는 자신이 도망가지 못하게 하는 거지 자신을 돕는 게 아니니까.

'기회다.'

그는 주변을 두리번거리면서 쥐약 봉투를 조심스럽게 챙겼다. 그러고는 왠지 모를 미소를 지었다.

그러나 그런 자신의 모습을 노형진이 바라보면서 미소 짓고 있다는 것을, 그는 끝까지 알지 못했다.

⚖️

"진짜네?"

손채림은 노형진이 만든 함정에 홍준태가 빠지는 걸 보면서 혀를 내둘렀다.

"쥐약을 챙기네?"

"자기 딴에는 기회라고 생각할 테니까."

"아니, 어떻게 안 거야?"

"안다기보다는 당연한 거야. 여자들이 왜 다른 사람을 죽일 때 독약을 많이 쓰는지 알아?"

"응? 그게 무슨 소리야?"

"살인의 방식 차이야. 남자와 여자는 살인의 방식이 좀 많이 다르지."

남자는 직접적인 살인을 많이 한다.

칼로 찌르거나 총을 쏘거나 주먹으로 패거나 하는 식으로.

그에 반해 여자는 독약을 많이 쓴다.

"일단 첫 번째 이유는 깔끔하기 때문이야. 여자들은 피가 튀는 걸 그다지 좋아하지 않거든. 두 번째 이유는, 힘으로는 상대를 이기는 것이 쉽지 않으니까."

"아하!"

상대방이 남자인 경우는 힘으로 이기는 것이 상당히 힘들다. 그러니 자연스럽게 쉽게 죽일 수 있는 방법을 찾는 것이다.

그게 바로 독약이고.

"그리고 홍준태가 딱 그 짝이지."

수적으로도 질적으로도 상대방을 이길 수는 없다.

그럼에도 불구하고 감정은 극단적으로 고양되어 있는 상태.

그렇기에 우연히 발견한 쥐약을 아마 하늘이 준 기회라고 생각했을 것이다.

"그렇게 쉽게?"

"지금 그는 분노에 지배당한 상태니까."

사실 조금만 머리를 굴려 보면 여러모로 의심스러울 수밖에 없는 상황이다.

오래된 창고에 쥐약은 새거다. 거기에다가 정말 이 쥐약을 쓰기는 한 건지 의심스러울 정도로 창고에는 쥐가 득시글거린다.

그러니 냉철한 사람이라면 의심했을지도 모른다.

"하지만 그러지 못했지. 내가 전에 말했잖아, 분노에 사로잡히면 시야가 좁아진다고."

딱 지금 홍준태가 그런 상황이었다.

시야가 좁아져서 냉정하게 판단하지 못하는.

"그냥 '쥐약'에만 집중하고 있겠지."

"그런데 진짜 쥐약은 아니지?"

"그럴 리가 있냐?"

홍준태를 함정에 빠트리려고 하는 것일 뿐 진짜 쥐약은 결코 아니다.

"저건 평범한 비타민 가루야."

"헐."

진짜로 사람을 죽일 수는 없는 노릇이니까.

"그리고 그다음 결과는 뻔하지. 안 그래?"

챙겨 간 독약을 쓰지 않을 리 없다.

그 후에 그가 갈 곳은 뻔하고.

"우리는 기다리는 것뿐이지, 후후후."

이것이 법이다

"아이고, 더워라……."

한여름에 자신을 감시하는 녀석들이 절대 편하지는 않을 것이다.

하루에도 몇 번씩 그들은 물을 찾곤 했다. 그렇다고 주변에서 매일같이 사 마실 수는 없는 노릇.

당연히 집에 있는 냉장고에서 물을 꺼내 마셨다.

"이 새끼들이 언제 돈을 다 갚냐?"

"그러니까."

야쿠자들은 툴툴거리면서 물을 꺼내어 서로 돌려 가면서 쭈욱 마셨다.

홍준태는 그걸 보면서 침을 꿀꺽 삼켰다.

'그래…… 어서 마셔라, 어서.'

야쿠자들이 냉장고에서 물을 꺼내 마시는 것은 잘 알고 있었다.

그래서 그는 밤에 몰래 물에다가 쥐약을 타 놨다.

당연히 가족들에게는 절대로 물을 마시지 말라고 이야기해 둔 상태였다.

아무것도 모르는 야쿠자들은 물을 쭈욱 들이켰다.

"윽, 맛이 왜 이래?"

"진짜 물맛이 왜 이래?"

물맛이 이상하다고 툴툴거리던 그들은 갑자기 목을 움켜쥐었다.

"끄억……."

"끄르륵!"

그들의 입에서는 거품이 흘러나오기 시작했고, 곧 저항도 하지 못하고 바닥에 쓰러졌다.

그러더니 온몸을 뒤틀며 경련을 일으켰다.

"끄어어어……."

거품이 넘쳐서 바닥에 뚝뚝 떨어지는 모습을 본 홍준태는 숨죽이고 있던 방에서 튀어나왔다.

"이 개새끼들!"

그리고 바닥에 쓰러진 남자들에게 발길질을 해 댔다.

이 소란을 듣고 다른 가족들도 서둘러 방에서 나왔다.

"여보! 어서 움직여요!"

"이 새끼들한테 당한 걸 생각하면! 진짜!"

"당장 움직여요! 다른 사람이 오면 어쩌려고 그래요!"

"끄응……."

가끔 부정기적으로 야쿠자의 동료들이 오거나 교대하러 온다.

그러니 여기서 시간을 지체할 수는 없다.

"당장 나가자. 차 키 가지고 와! 여기를 뜨자!"

"하지만 짐이……."

"씨발, 짐이 문제야? 다 버려! 어차피 다 새로 사면 그만이야!"

그는 챙기지 못한 물건을 아까워하는 가족들을 데리고 나와 그대로 차를 타고 줄행랑을 쳤다.

"어서 가자! 저 새끼들이 다시 냄새를 맡기 전에 숨어야 해!"

야쿠자는 어차피 폭력 조직이다. 숨어 살며 현금만 쓴다면 자신들이 어디에 있는지 알 수는 없다.

심지어 그는 전국을 유랑해도 되는 돈을 가지고 있다.

"그냥 무시해!"

그는 가족들과 함께 미친 듯이 달려 나갔다.

하지만 그들은 앞으로 가는 것만 생각해서, 뒤로 한 대의 차량이 라이트도 켜지 않은 채 슬며시 따라붙은 것은 모르고 있었다.

그렇게 두 대의 차량이 떠나고 난 후 노형진은 천천히 숙소 안으로 들어갔다.

"일어나세요. 갔습니다."

"후우, 쌍놈의 새끼. 잡히면 죽여 버릴 거야."

자리에서 일어난 야쿠자는 어눌한 한국말로 웅얼거렸다.

쓰러졌을 때 발길질당한 게 억울한 모양이다.

"연기 잘하시네요."

"연기가 아니라, 진짜로 물맛이 엄청나게 이상했어요."

"그럴 만할 겁니다."

그동안 원한이 쌓여서 그런지 홍준태는 물에다가 엄청나

게 많은 약을 탔다.

그게 비타민이었으니 아마 물에서는 제법 시큼한 맛이 났을 것이다.

"그나저나 완전히 속아 넘어가네요."

"다급한 상황이니까요."

거기에다 노형진이 미리 준 알약은 물과 반응하면 거품을 내뿜는 성분이었다.

당연히 미친 듯이 거품을 물었으니 홍준태가 속을 수밖에.

"그러면 우리도 움직이지요."

노형진은 바로 차로 갔다.

그러자 기다리고 있던 운전사는 추적 장치를 켜고 차량을 추적하기 시작했다.

뒷좌석에 있던 손채림은 의자 사이로 얼굴을 빼꼼하게 내밀었다.

"어때? 속은 것 같아?"

"완벽하게."

애초에 홍준태의 움직임은 완벽하게 노형진의 예상 안에 있었다.

홍준태는 약을 몰래 탔다고 생각하고 있겠지만, 사실 집 안에 몰래카메라를 달아 놔서 그가 약을 타는 것을 확인했을 뿐만 아니라 혹시나 몰라 그 물에 대한 검사까지 마쳤다.

모르는 사이에 진짜 독약을 구했을 수도 있기 때문이다.

심지어 그가 타고 있는 차에도 추적 장치가 붙어 있고.

"이제 어디로 갈까?"

"당연히 돈이 있는 곳이겠지."

그는 자신이 야쿠자를 죽였다고 생각하고 있다.

야쿠자가 바보도 아니고, 동료가 죽었는데 그냥 물러날 리 없다. 당연히 그들을 추적할 것이다.

"그 상황에서 그가 안전할 수 있는 유일한 방법은 한군데 머물지 않고 계속 떠돌아다니는 거야. 그러기 위해서는 돈이 필요하지."

"아하!"

"거기에다가 이번에 야쿠자 때문에 돈을 구경도 못 했어. 다시 걸리면 똑같은 일을 당할 거라고 생각하겠지. 그렇다면 어떻게 하겠어?"

"돈을 꺼내서 도망갈 방법을 찾으려고 하겠구나."

"빙고. 정확해."

바보가 아닌 이상 일단 도망가기 위해서는 도피 자금이 필요하다는 것을 모르지는 않을 것이다.

그리고 그동안 그들은 돈을 쓰기만 했지 꺼내 오지는 못했다.

더군다나 버는 족족 다 빼앗겼다.

그리고 대부분 일을 제대로 하지 못했다는 이유로 돈도 벌지 못했고.

"그들에게 필요한 건 다름 아닌 돈이지."

당연히 저들은, 아니 홍준태는 돈을 꺼내기 위해 달려갈 것이다.

"네가 말한, 독해질수록 빠질 수밖에 없는 함정이구나."

"그래."

독해져서 사람을 죽였다고 한다면, 당연히 그다음 순서는 정해진 셈이다.

"과연 우리를 어디로 데려가는지 두고 보자고."

평소에는 자신을 따라다니는 사람이 있을까 두려워서 그는 무척이나 조심했을 것이다.

하지만 사람을, 그것도 야쿠자를 죽였다는 사실이 그를 무척이나 다급하게 만들었을 것이다.

조만간 교대할 사람들이 올 테니 발각되면 조용히 끝나지는 않을 게 뻔하다.

"어디로 가는지 두고 보자고."

노형진은 추적 장치를 따라서 한참을 달렸다.

홍준태는 고속도로를 타고 지방으로 내려가는 듯하더니 강원도쯤에서 굽이굽이 산속으로 들어갔다.

"이러니 우리가 못 찾아내지."

아무 연고도 없는 산속에 돈을 숨겨 뒀으니 찾을 수 있을 리 없다.

더군다나 사람이 다니지 않는 길이라 누군가 따라오면 티가 확 날 수밖에 없는 곳이다.

노형진은 그 길을 따라 쭉 안으로 들어간 끝에 좀 떨어진 곳에서 홍준태를 따라간 차량을 발견할 수 있었다.

그쪽도 노형진과 일행을 발견하고는 이쪽으로 다가왔다.

"그들은요?"

"저쪽에 있는 폐가에 들어갔습니다."

"폐가요?"

"네. 덜렁 하나 있더군요."

"헐."

이런 곳은 누가 오지도 않을 것이고, 누가 사려고 하지도 않을 것이다. 재개발 같은 게 될 리도 없을 테고.

그러니 돈을 숨기기에는 아주 딱 좋은 곳이었으리라.

"들어가 보죠."

노형진은 천천히 집으로 다가갔다.

홍준태의 가족은 전혀 알아차리지 못하고 정신없이 집 안에서 뭔가를 하는 듯했다.

연장 같은 게 있을 리 없기 때문에 핸드폰으로 빛을 비추면서 허물어진 집의 바닥을 뜯어내고 있었다.

"빨리해!"

"그놈들이 찾아오면 어쩌죠?"

"어쩌긴, 바로 튀어야지! 하지만 여기까지 찾아올 리 없잖아?"

홍준태는 그렇게 확신했다.

사기 친 돈은 모조리 현금으로 찾아서 이 아래에 감춰 놨다.

그러니 누군가 찾을 수 있을 리 없다.

더군다나 이 집은 남의 집도 아니다.

이 집은 홍준태의 먼 삼촌의 집이었다. 삼촌은 죽은 지가 벌써 20년이 넘은 데다 자녀도 없었다.

"돈을 빼서 당장 도망쳐야 해. 중국으로 가면 그 야쿠자 새끼들도 못 찾을 거야."

홍준태는 야쿠자가 아무리 많다고 해도 넓고 넓은 중국에서 자신들을 찾을 수는 없을 거라고 생각했다.

그러니 중국으로만 가면 된다고, 그는 그렇게 생각했다.

그러나…….

"뭐 좀 나왔어요?"

익숙한 목소리에 그들의 손은 그대로 멈춰 버렸다.

"이런 이런, 아직 못 꺼냈나 보네. 계속 움직이세요, 계속. 우리가 힘쓰고 싶지는 않으니까."

노형진이 히죽거리면서 말하자 홍준태는 뻣뻣하게 굳은 얼굴을 천천히 돌려서 그를 바라보았다.

"헛된 생각은 하지 않는 게 좋을 겁니다."

노형진은 혼자가 아니었다. 그 뒤에는 야쿠자와 경호 팀이 함께였다.

"그……."

"계속 움직여요, 계속."

노형진은 아무것도 아닌 듯 손을 흔들었다.

"어…… 어떻게……?"

"질문하라고는 하지 않았습니다. 계속 움직여요. 물론 하기 싫다면 하지 않으셔도 됩니다만……."

노형진은 고개를 돌려 뒤에서 살기등등한 눈빛으로 바라보고 있는 남자들을 살폈다.

"이들이 움직이면 이들에게 따로 인건비를 주셔야 할 텐데요. 결코 싼 가격은 아닐 겁니다."

"허억……."

홍준태는 어떻게 해서든 사태를 수습하고 싶었다.

하지만 지금은 방법이 없었다.

"장난치지 마라. 네가 돈을 여기에 감춘 이유는 너도 잘 알고 있을 테니까."

야쿠자가 하얀 이를 드러내며 말하자 홍준태는 등골이 오싹했다.

이곳에 돈을 감춘 이유는, 누구도 찾지 못하기 때문이다.

그건 반대로 말하면 누구도 자신들을 찾지 못한다는 말이기도 했다.

"빨리 움직여요."

"으허허헝!"

홍준태의 눈에서는 눈물이 뿜어져 나왔다.

지금껏 그를 지탱해 오던 모든 것이 그대로 무너지고 있었다.

아무리 힘들어도 이 돈만 꺼낼 수 있다면 자신들의 인생은 바뀔 거라 생각했다.

그런데 그 모든 걸 바로 눈앞에서 빼앗길 수밖에 없는 상황이 된 것이다.

"누구 하나 장기 자랑해 봐야 정신 차리려나."

그가 울든 말든 야쿠자는 신경도 쓰지 않았다.

도리어 품에서 기다란 사시미 하나를 꺼내 들고 마치 도축한 돼지를 고르는 듯한 시선으로 그들을 천천히 바라보았다.

"꺼낼게요! 꺼내겠습니다!"

"제발 살려 주세요!"

"뭐든 다 할게요!"

혼이 나가서 펑펑 울고 있는 홍준태와 다르게 다른 가족들은 살고자 하는 생각에 필사적으로 바닥을 뜯었다.

홍준태는 그걸 말리지도 못한 채 그저 멍하니 바라보면서 눈물만 흘렸다.

말린다고 한들 무슨 의미가 있단 말인가?

돈이 어디에 있는지 저들은 이제 안다. 그러니 홍준태가 어쩌든 개의치 않고 알아서 꺼낼 것이다.

만일 저항한다면 자신을 죽이고 나서 꺼내면 되니까.

"와우."

얼마 후 드러난 지폐 뭉치를 보면서 노형진은 혀를 내둘렀다.

작심하고 숨기려고 했는지 금과 다이아몬드 그리고 5만 원권으로 이루어진 짐은 꺼내도 꺼내도 끝이 보이지 않을 지경이었다.

"많이도 해 처먹었네."

한참이 걸려서야 모두 밖으로 나온 짐들을 보며 노형진은 고개를 절레절레 흔들었다.

이렇게 현금화해서 숨겨 둘 정도면 작심해도 단단히 작심했다는 뜻이다.

"이게 다 사람들의 피와 눈물의 값이라 이거지."

사기라는 게 그렇다.

자기는 좀 더 편하게 살기 위해 남을 속이는 거지만, 속은 사람들의 인생은 말 그대로 박살 난다.

평생을 모아 온 돈, 노후 자금, 기타 등등.

돈 때문에 가족끼리 싸우는 게 현실인데 그 가정이 멀쩡할 리 없다.

"음……."

돈 뭉치를 본 야쿠자들의 눈에 순간적으로 탐욕이 돌았다.

무려 60억. 절대로 작은 돈이 아니다.

"허튼 생각 마세요."

노형진은 그런 그들을 보면서 담담하게 말했다.

어쩔 수 없이 야쿠자들을 끼우기는 했지만 그들을 믿는 건 아니다.

그렇기 때문에 여기에 경호 팀까지 데리고 온 것이다.

"여기에 있는 돈을 빼앗아 갈 수도 있겠지만, 그 후에 조직에서 추적당할 각오는 하셔야 할 텐데요."

스윽 전면으로 나서는 경호 팀을 보면서 야쿠자들은 순간 아차 하는 표정이 되었다.

욕심이 난다.

하지만 그들은 경호 팀보다 숫자도 적고 무장도 약하다.

딱 봐도 경호 팀은 방검복을 입고 있다. 거기에다 발사형 전기 충격기도 쥐고 있다.

접근도 하기 전에 당할 것이다.

설사 어찌어찌 이긴다고 해도, 신의를 중요시하는 조직에서 그들을 살려 둘 리 없다.

그들만이 아니라 가족들까지 죽이려고 들 게 뻔했다.

'하지만 저들은…….'

반면에 노형진과 일행은 그들을 죽여도 뒤탈이 없다.

욕심에 야쿠자들이 공격했다고 하면 그만이고, 계약대로 정해진 돈만 주면 된다.

그러면 조직에서는 그들을 대체할 인원은 얼마든지 보내 줄 것이다.

"우리는 욕심이 없습니다."

두 손을 들어 보이면서 야쿠자들이 뒤로 물러나자 노형진은 경호 팀과 함께 금액을 확인하고는 씨익 미소를 지었다.

60억. 사람들이 사기당한 금액이다.

'조금 부족하기는 하지만.'

그사이 홍준태가 쓴 돈이 있기 때문에 조금 부족하기는 하지만, 그 정도 손해를 본다고 해도 피해자들은 쌍수를 들어서 환영할 것이다.

작게는 수천만 원, 크게는 수억을 찾을 수 있으니까.

"좋습니다. 이건 우리가 회수하지요."

노형진은 고개를 까딱하면서 신호를 보냈고, 경호 팀 몇몇이 그 짐을 가지고 아래로 내려갔다.

"으아아! 그 돈은 내 돈이야! 내 돈이라고, 이 개새끼들아!"

그때, 멍하니 보고 있던 홍준태가 갑자기 정신이 든 듯 짐을 든 경호 팀에게 달려들었다.

퍼억!

그러나 그는 매달려 보지도 못하고 다른 경호 팀의 발길질에 바닥을 나뒹굴었다.

"여보!"

"아빠!"

가족들은 기겁해서 쓰러진 홍준태에게 달려갔다.

하지만 그걸 불쌍하게 바라보는 사람은 아무도 없었다.

"잊지 마세요."

노형진은 그런 그들에게 차근히 말을 꺼냈다.

"아직 돈 남았습니다."

"뭐?"

"당신이 배상해야 하는 돈은 60억뿐만이 아니에요. 일단 여기에 있는 게 부족한 것도 부족한 거지만, 여전히 정신적 손해배상과 위자료가 남아 있습니다."

노형진의 차가운 말에 가족들은 부들부들 떨었다.

"그리고 난 여러분들에게 선택권을 줄 겁니다."

그러면서 노형진은 홍준태와 가족들을 바라보았다.

"선택권?"

그게 무슨 말인지 이해하지 못하는 표정으로 노형진을 바라보는 사람들.

"아직 당신들이 줘야 하는 돈은 20억이 남았습니다. 앞으로 그 돈을 여러분들이 함께 갚으시든가, 아니면 모두 책임을 사기꾼에게 뒤집어씌우시고 입 닥치고 사시든가."

"……!"

"어…… 어떻게! 그런 짓을!"

"여러분이 한 짓은 '어떻게 그런 짓을'이라는 말이 나오는 짓 아닌가요?"

"……."

"현행법상 연좌제는 불법이지요. 하지만 여러분들이 선택하는 것은 합법입니다. 그러니까 여러분들이 선택하시면 됩니다. 함께 갚겠다면 한 분당 5억 정도만 갚으시면 됩니다. 아, 물론 연 20퍼센트의 이자도 잊으면 안 되지요. 열심히 일하면…… 한 20년 정도면 갚지 않을까요?"

노형진은 싱글거리면서 웃었다.

복수는 단순히 돈만 받아 내고 끝이 아니다.

그 인생 자체를 붕괴시키는 것이 바로 복수다.

"으으으……."

순간 공포감에 가득해지는 홍준태.

자신에게 벌어질 일을 알아차린 것이다.

자신이 아무리 노력해도 그 돈은 갚을 수 없다.

20억의 배상금, 거기에 연 20퍼센트의 이자.

단순히 계산해도 매년 4억의 이자가 붙는데, 아무리 자신이 노력해 봐야 이자도 못 갚는 것이 현실이다.

"그때까지 이분들이 직업을 열심히 소개시켜 주실 거예요."

노형진은 야쿠자들을 가리키면서 말했다.

그러자 자연스럽게 가족들은 홍준태의 시선을 피하게 되었다.

"자…… 잠깐! 여보? 얘들아? 이런 걸 혼자 어떻게 하라고! 같이 노력해야지! 그렇지? 여보? 응, 응? 그렇잖아. 얘들아. 날 좀 봐……. 아빠야……. 아빠라고……."

홍준태는 가족들에게 매달렸다.

하지만 가족들은 고개를 돌리고 그의 손길을 피하면서 뒤로 물러났다.

"결정된 것 같네요. 혹시나 해서 말하는 건데, 어디 가서 이거 떠들기라도 하면 그 후에는 같이 갚아야 한다는 거 아시죠?"

가족들은 힘없이 고개를 끄덕거렸다.

"가세요."

가족들은 후다닥 자리를 피했다.

"여보! 애들아! 잠깐만…… 잠깐만!"

홍준태는 멀어져 가는 가족들을 붙잡으려고 했지만 다른 사람이 먼저 그를 붙잡았다.

"어디를 가려고."

야쿠자들은 히죽 웃으면서 그의 목덜미를 붙잡았다.

"넌 아직 우리한테 줄 돈이 남았다고."

계약에 따라서 원금을 제외한 나머지는 자신들의 수입이다. 그러니 그를 그냥 보내 줄 수는 없다.

"요즘 방사능 처리하는 곳에서 인원이 많이 부족하다고 하던데?"

"으아…… 아니야……. 제발…… 제발 보내 주세요. 돈 다 드릴게요. 다 돌려드렸잖아요. 제발…… 이렇게 빌게요……. 제발…… 흑흑……."

홍준태는 눈물을 뚝뚝 흘리면서 빌었다.

이대로 끌려가면 얼마나 비참한 삶을 살게 될지 느낀 것이다.

"걱정 마세요. 빚 다 갚으면 자유입니다. 이런 말 아세요? 노동이 너희를 자유롭게 하리라. 열심히 일하시면 자유입니다."

절망적으로 비는 홍준태에게 노형진은 몸을 숙여서 말했다.

하지만 노형진은 그 말을 스스로도 믿지 않았다.

'노동이 너희를 자유롭게 하리라.'

아우슈비츠에 있던 말이다.

나치는 유태인들에게 일을 열심히 하면 풀어 준다고 약속했다. 하지만 그 약속은 지켜지지 않았다.

'야쿠자가 미치지 않고서야.'

하지만 자신은 그다지 신경 쓰지 않는다.

일본으로 넘어가면 자신들의 소관을 벗어날 뿐이다.

"그러면 저희는 이만, 먼저 가 보겠습니다."

노형진은 야쿠자들에게 간단하게 묵례했다. 그리고 그곳에서 천천히 멀어졌다.

뒤에서 그들의 목소리가 들려왔다.

"감히 우리 형제를 죽이려고 해? 그 대가는 알고 있겠지?"

"자…… 잠깐만요! 살려 주세요! 끄아악!"

실제로 죽지는 않았다고 해도. 죽이려고 시도한 것은 사실이다.

당연하게도 야쿠자들은 그런 걸 가만둘 사람들이 아니었다.

제대로 꺾어 놔야 다시는 그런 짓을 하지 못하기 때문이다.

"끄아악!"

등 뒤에서 들리는 목소리에 노형진은 얼굴을 북북 긁었다.

"저거, 밀항선 타기 전에 죽는 거 아냐?"

노형진이 걱정하는 것은 그뿐이었다.

"자네…… 대단하군."

김성식은 혀를 내둘렀다.

정부에서도 받지 못했던 돈이다.

법적으로도 방법이 없다고 했던 돈이다.

심지어 추심 업체들도 방법이 없다고 했던 돈이다.

그런데 사기꾼들이 아무리 버티고 싸워도 이겨 내지 못하고 그 돈을 속속 토해 내고 있었다.

"사기꾼이라는 건 생각하는 게 뻔하니까요."

사기 친 돈으로 편하게 먹고살자, 그게 그들의 생각이다.

그러니 그들에게서 그 '편하게'라는 부분만 빼 버린다면 돈의 의미 또한 상실되어 버린다.

도리어 돈을 쥐면 그만큼 불리해지고 힘들다는 것만 알게 되면 어떻게 해서든 돈을 주려고 한다.

"홍준태에 대한 소문이 퍼진 것도 주요했구요."

홍준태는 밀항선으로 일본으로 끌려갔다. 그리고 방사능 처리장에서 강제로 일하기 시작했다.

그곳에서 일하는 시간이 지나면 일본에 있는 막장으로 끌려가게 된다고 했다.

"끼리끼리 뭉치는 법이거든요."

자기들도 그렇게 될 수 있다는 생각에 사기꾼들은 너도나도 사기 쳐서 빼앗았던 돈을 다시 토해 냈다.

돈이 아무리 많으면 뭐 하나, 쓰지도 못하고 죽게 생겼는데.

"뭐, 이번에는 약간 불법이 끼기는 했지만."

노형진은 어깨를 으쓱했다.

그로 인해 기분 나쁘기는 하지만 그렇다고 후회하지는 않는다.

후회는 자신의 몫이 아니라 사기꾼들의 몫이니까.

"자업자득입니다, 자업자득."

노형진은 그렇게 말하며 피식 웃었다.

누군가의 가족

장례식장이라는 공간은 언제나 비통함이 도는 곳이다.

소위 호상이라고 불리는 것이라고 할지라도 결국은 슬픔을 동반하기 마련이다.

물론 사람들이 죽음에 축배를 들 만큼 나쁜 녀석이 없는 건 아니겠으나, 그렇게 행복해하는 사람이 최소한 그 공간으로 오는 경우는 없다.

그렇게 비통한 공간인 만큼 사람들은 행동 하나하나에 조심하기 마련이다.

찰칵.

"응?"

회사 직원 부모님의 상으로 장례식장을 찾아온 노형진은

어디선가 들려오는 낯선 소리에 멈칫했다.

"뭐지?"

새벽 3시. 조문객조차도 끊어진 시간이다.

노형진 역시 밤샘을 해 줄 생각으로 왔다가 화장실을 가는 중이었다.

그런데 그런 밤중에 전혀 생각하지 못한 소리가 들려온 것이다.

찰칵찰칵.

한 번도 아니고 여러 번 들려왔기에 노형진은 그 소리를 따라서 코너를 돌았다.

양복을 입은 남자 두 명이 한곳에 있는 화환을 카메라로 찍는 것이 보였다.

"뭐야, 저 새끼들?"

그들은 화환을 찍는 데에 여념이 없었다.

노형진은 그들의 행동에 순간 의구심이 들었지만 다음 순간 더러운 욕지거리가 올라왔다.

그들이 찍고 있는 장례식장 앞에 붙어 있는 고인의 사진은 누가 봐도 너무나도 젊은 사람이었기 때문이다.

"야, 이 개새끼야! 너희가 그러고도 사람이냐!"

노형진이 절로 분노가 치밀어 올라서 소리를 지르자, 사진을 찍던 남자들은 화들짝 놀라서 노형진을 바라보았다.

"너희가 그러고도 사람이냐! 사람이냐고! 사람 목숨이 그렇게 갯값으로 보여! 어! 너희 자식들이 죽어도 이럴래? 어?
야, 이 씨팔 새끼들아! 너희가 사람이냐고!"

노형진이 피곤하기는 했지만 그렇다고 해서 이성을 잃어
버릴 정도는 아니었다.

그럼에도 불구하고 그는 흥분하면서 두 사람을 몰아붙였다.

"아니, 뭐요."

"우리가 뭘……."

사진을 찍던 두 사람은 당황한 듯 우물쭈물 뒤로 주춤주춤
물러났다.

그리고 그 소리에 안쪽에서 쉬고 있던 고인의 가족들이 나
왔다.

"무슨 일입니까?"

"아…… 아닙니다."

"별일 아니에요."

그들은 고개를 돌리고는 서둘러서 그곳을 떠났다.

노형진은 그놈들을 잡으려고 하다가 한숨을 쉬면서 포기
했다.

잡으면 뭐 하나, 저들도 지시받은 일을 하는 것뿐일 텐데.

설사 잡아서 사진을 지운다고 한들 바뀌는 것도 없을 것이다.

"저 사람들 뭐야?"

고인의 가족으로 보이는 사람들은 지금 상황을 이해하지
못한 듯 멍하니 바라보았고, 노형진은 사진을 찍던 이들이

도망간 방향을 바라보면서 이를 빠드득 갈았다.

"저 녀석들이 화환 사진을 찍고 있더군요."

"화환을요? 아니, 왜요? 아니, 그보다, 누구십니까?"

어리둥절한 표정이 되는 상주를 보면서 노형진은 씁쓸하게 자신의 명함을 내밀었다.

"노형진이라고 합니다. 변호사를 하고 있습니다."

"그런데요?"

"일단 들어가서 이야기하시죠."

새벽 3시면 장례를 치르는 가족들도 쉬어야 하는 시간이기 때문에 노형진은 안으로 들어가자고 이야기했다.

자신이 담당하는 사건은 아니라고 하지만 저런 짓거리를 가만두고 볼 수가 없기 때문이다.

가족들은 안쪽으로 들어가 문을 닫은 후에 노형진을 물끄러미 바라보았다.

"일단 아까도 말씀드렸다시피 전 변호사입니다. 그리고 저들은 바깥에서 화환의 사진을 찍고 있었고요."

"그래서요?"

검은색 상복을 입은 남자가 어리둥절하게 물었다.

"혹시 고인께서는 산재로 돌아가신 게 아닌지요?"

상주는 움찔했다.

처음 보는 사람인데 정확하게 알아맞혔기 때문이다.

"그걸 어떻게……?"

"제가 변호사니까요."

"그게 이번 일과 무슨 관계가 있습니까?"

"관계가 있지요. 아직 합의 진행하지 않으셨지요?"

"네."

"그래서 저 녀석들이 사진을 찍어 간 겁니다."

"하지만 어디서나 흔하게 볼 수 있는 화환인데요."

별반 다를 게 없는 화환이고, 그걸 찍어 간다고 해도 써먹을 데도 딱히 없는 게 사실이다.

그러니 굳이 그걸 찍어 간 사람들도 이상하고 화내는 노형진도 이해가 가지 않는다는 표정이었다.

"화환이 문제가 아니라 보내 준 사람이 문제입니다."

"보내 준 사람이 문제라고요?"

"네."

"아니, 왜요?"

"기업체들의 수법이지요."

저들은 산재 같은 사건이 터지면 일단 가족들의 뒷조사부터 시작한다.

이유는 간단하다. 만일 상대방이 만만하다고 판단되면 최대한 후려쳐서 터무니없이 주기 위해서다.

"그리고 그중 최우선이 바로 화환입니다."

화환이라는 것은 고인과, 또는 그 유가족과 관련이 있는 자가 고인의 명복을 빌면서 보내는 것이 보통이다.

당연히 그들이 가진 힘과 비례할 수밖에 없다.

"고등학교 동창회에서 보내는 화환이나 국회의원이 보내는 화환이나 가격은 같습니다. 하지만 그 무게는 너무나 다르지요. 저들이 화환의 사진을 찍어 간 이유는 간단합니다. 여러분들에 대한 뒷조사를 해서, 문제가 될 만한 사람들인지 파악하려고 하는 겁니다."

노형진의 설명에 유가족들은 입술을 지그시 깨물었다.

설마 그렇게까지 할 줄은 몰랐던 것이다.

"그래서 제가 화를 낸 거고요."

당장 유가족들은 가족을 잃은 슬픔에 헤어나지 못하고 있다.

그런데 기업이라는 작자들은 어떻게 해서든 돈을 주지 않기 위해 노력한다.

더군다나 양심에 따라서 행동하는 것도 아니고, 이렇게 파렴치한 짓으로 돈을 주지 않으려고 한 것이다.

"실제로 비슷한 사건이 비슷하게 터진 적이 있습니다. 하지만 대응은 전혀 달랐지요."

한 기업에서 두 사람이 죽었다.

한 사람은 과로로 죽었는데, 그 당시에 기업은 그 사람에게 6억이 넘는 배상금을 지급했다. 그 사람의 친척 중 정치인이 있었기 때문이다.

그리고 1년 후, 다른 사람이 산업재해로 죽었다.

상식적으로 산업재해로 죽은 사람이 과로로 죽은 사람보

다 더 많은 배상금을 지급받는 게 당연함에도 불구하고 회사가 내민 합의금은 간신히 3억을 넘었다.

"저렇게 하는 짓거리를 보니 한두 번 해 본 회사가 아닌데, 회사가 어딘가요?"

"창선이라는 곳입니다. 인천에 있는 회사고요."

고인의 동생은 입술을 깨물으면서 말했다.

"창선이라……."

노형진은 턱을 문질렀다.

"업종이 위험한 곳이지요?"

"네."

"아마도 사고가 많을 겁니다."

처음 사고를 당한 기업이 이렇게 체계적으로 움직이지는 못한다.

빈소가 차려졌다는 것은 채 하루가 지나지 않았다는 것인데, 그사이에 움직임을 정하고 뒷조사까지 들어간다는 것은 이런 사건을 여러 번 해 본 적이 있다는 소리다.

"변호사는 선임하셨습니까?"

"아직 정신이 없어서요."

졸지에 가족을 잃은 사람들이 어떻게 정신을 차리겠는가? 아무것도 하지 못한 채로 이틀째가 되어 가고 있었다.

"이런 말씀 드리면 죄송합니다만, 변호사를 선임하는 게 좋을 겁니다. 저들은 분명히 터무니없이 후려칠 겁니다."

"터무니없이요?"

"네."

저들의 행동은 뻔하다.

유가족들이 좋게 해결하려고 할수록 오히려 뜯어먹으려고 이빨을 드러낸다.

"유가족들이 사흘간 합의를 진행할 준비를 하는 것은 사실상 불가능하죠. 그러니 그들은 그사이에 합의를 진행하려고 할 겁니다. 터무니없는 조건으로요."

"하지만 저희는 아무것도……."

"압니다. 아무것도 생각하실 틈이 없겠지요. 문제는 상대방 역시 그걸 안다는 겁니다."

이쪽이 준비하는 데에는 시간이 걸린다.

대부분의 가족들은 이 상황에서 합의 이야기를 하는 것을 상당히 꺼린다.

가족을 팔아먹는 듯한 자괴감이 들기 때문이다.

"하지만 저쪽은 반대이지요."

최대한 싼 가격에 퉁치려고 하는 게 저들의 본능이다. 기업이라는 곳이 그렇다.

"저를 선임하시라는 게 아닙니다. 하지만 그냥 계시면 모르고 당하실 겁니다."

노형진은 안타깝다는 듯 말했다.

"기업은 절대로 착하지 않습니다. 그리고 이쪽에서 착하게 한다고 해서 바뀌는 것도 없고요. 결국 남는 것은 유가족의 고통뿐입니다."

유가족들은 고개를 푹 숙였다.

"자네는 이제는 별의별 곳에서 다 사건을 가지고 오는군."

"이번 사건은 받아들이지 않을 수가 없어서요."

노형진이 사람들에게 사정을 설명하자 손채림은 절로 눈을 찌푸렸다.

"그렇게까지 한다고?"

"'그렇게까지 한다고?'가 아니라 그렇게 하도록 시스템을 만들어 놔. 너도 알잖아, 팔각수 무너트릴 때 거기서 죽은 사람들에 대한 대우가 어땠는지."

"하긴."

팔각수의 건설 현장에서 일하던 중국인 노동자가 죽었을 때 팔각수에서 그들에게 지급한 것은 고작 3천만 원도 안 되는 돈뿐이었다.

터무니없이 낮은 금액이었지만 중국이 한국보다 화폐가치가 낮은 점을 이용해서 그렇게 후려친 것이다.

"엄밀하게 말하면 한국 법을 기준으로 지급해야 하지만 말이야."

하지만 그들은 배상금을 중국 환율을 기준으로 따져서 지급했다.

"그런 놈들이 기업이야. 그런 놈들이 피해자를 위해 양심적으로 합의금을 줄 것 같아?"

"끄응…… 부정을 못 하겠네."

"알아, 하도 지랄 같으니까 인정하고 싶지 않은 거. 하지만 현실을 인정해야 고칠 수도 있는 법이잖아?"

여기서 넘어가면 다음에도 똑같은 일이 벌어질 테고, 똑같은 배상을 하면 끝일 것이다.

"기업 입장에서는 따로 수십억씩 들여서 안전장치를 하는 것보다 차라리 매년 한두 명씩 죽어 나가는 게 더 싸게 먹혀. 그러니 기업이라는 작자들은 차라리 법을 위반하고 사람 목숨값을 내놓는 걸 선택하지."

"하지만 처벌하도록 되어 있잖아?"

"그게 문제야."

대부분의 경우 합의서가 들어가면 제대로 처벌받지 못하고 그냥 풀려난다.

그러니 죄다 그냥 합의하려고 하지 끝까지 가는 경우는 드물다.

설사 합의가 안 되어도 풀어 주려고 하는 게 경찰과 검찰인데, 합의가 되었다면 거의 100퍼센트 풀려난다고 보면 그만이다.

"거기에다 그 지역에서 힘을 크게 가진 기업이라면 더 문제가 되지."

사고가 난 창선이라는 곳은 인천 지역에서도 상당한 규모를 자랑하는 기업이었다.

"실제로 그곳은 재벌까지는 아니지만 준재벌에 속하는 기업입니다. 인천 외에 다른 지역에도 상당히 많은 공장을 가지고 있더군요."

고문학은 자신이 조사한 자료를 내놓으면서 말했다.

"한국뿐만이 아닙니다. 해외에도 공장이 있어요."

"그렇게 돈이 많으면 좀 넉넉하게 주면 그만이잖아?"

"그러면 좋지만 말이지."

노형진은 고개를 절레절레 흔들었다.

사실 돈 1~2억 더 준다고 해서 기업이 흔들릴 만한 규모도 아니다.

막말로 사장이 하룻밤에 술값으로 1억을 써도 눈도 깜짝하지 않는 것이 이런 규모의 기업이다.

"그런데 왜?"

"선례지."

"선례?"

"그래. 이번에 넉넉하게 주면 다음번에도 넉넉하게 줘야 하거든."

"그 정도로는 안 흔들린다며?"

"말했잖아, 안전장치를 하느니 차라리 목숨값을 내놓는 게 더 싸게 먹힌다고. 하지만 사고가 많아지면 이야기가 달라지지."

"뭐? 잠깐만, 그러면 사고가 나는 걸 방치하겠다는 소리밖에 더 돼?"

"그게 문제야."

사람들은 산재가 터지면 기업에 큰 피해가 간다고 생각한다.

하지만 현실적으로 기업에는 그리 큰 피해가 가지 않는다.

아니, 산재가 나면 도리어 기업이 돈을 버는 경우도 있다. 산재보험을 많이 들어 두었다면 말이다.

"더군다나 이 정도 기업이면 그냥 귀찮다 정도이지 진짜로 타격이 가거나 할 일은 없어. 툭 까고 말해서, 노동자 유가족에게 주는 돈보다 노동부 쪽 뇌물로 들어가는 돈이 더 많을걸."

"……."

비극적인 현실에 손채림은 입을 꾸욱 다물었다.

설마 산재라는 것이 이렇게 비극적일 줄은 몰랐던 것이다.

"더군다나 대부분의 가족들은 상황이 곤궁해. 돈이 없지. 그래서 재판을 길게 끌 수도 없어."

"으음……."

"재판을 길게 끌면 합의금 지급도 늦어지기 마련이거든."

물론 이럴 때를 대비해 합의금의 일부를 미리 지급하게 하는 법률도 존재한다.

산재인 이상 어찌 되었건 일정치 이하로는 안 내려가니까.

"하지만 유가족들에게 설명해 주는 사람은 없지."

"그게 무슨 소리야?"

"유가족이 제대로 대응하기 위해서는 변호사를 사야 하는데, 변호사를 살 돈이 없다는 거야. 그걸 설명해야 할 책임을 가지고 있는 기업은 해 줄 리 없고."

"허어?"

"산재가 터졌을 때 기업의 대응책은 사실 간단해. 거짓말은 안 해. 하지만 말해 주어야 할 것에 대해서도 입을 다물지."

거짓말을 하면 나중에 불리하게 작용할 수도 있다. 그런 만큼 그들도 거짓말은 하지 않는다.

하지만 그 대신에 유가족이 알아야 하는 것 역시 말해 주지 않는다.

"그런 식으로 사건을 질질 끌지."

"질질 끈다고?"

"그래. 기업은 전혀 바쁘지 않거든."

그들은 그냥 하던 일을 하면서 시간이 지나길 바라면 그만이다. 어차피 이런 사건을 전담하는 직원이 있으니까.

하지만 유가족들은 싸움이 길어질수록 하루하루 피가 마르고 진이 빠진다.

결과적으로 대부분의 유가족은 포기하고 그들이 요구하는 대로 합의하는 것이 보통이다.

"나도 알지. 아주 치사하고 더러운 짓이지만, 그게 현실이라네."

송정한 역시 안타깝다는 듯 말했다.

대한민국의 산재 규정과 손해배상 규정은 해외와 달리 극단적으로 기업에 유리하게 되어 있다.

일단 법부터가 그 지경이고, 그걸 집행해야 하는 사람들도 기업을 편들어 준다.

"거기에다 현 정권은 친기업 정권이야. 친기업 정권에서는 자연스럽게 산재에 대한 보상도 터무니없이 낮아지지."

"설마."

"설마가 아니야. 법이 어디나 똑같을 것 같아?"

일반적으로 산재가 발생하면 기업은 피해자와 유가족에게 위자료라는 것을 줘야 한다.

그런데 똑같은 산업 현장, 똑같은 피해, 똑같은 산재인데 지역별로 그 위자료 금액이 터무니없이 차이가 난다.

"똑같은 사건인데 서울에서 하면 최대 1억 이상 위자료가 나오겠지. 하지만 인천에서 한다면 기껏해야 5천만 원 정도밖에 안 나올 거야."

"뭐? 어째서? 같은 대한민국인데 그렇게 차이가 난다고?"

"그래, 인천과 서울은 경우가 다르니까."

서울에는 공장이 그다지 많지 않다. 당연히 산재가 그다지 많이 일어나지 않는 지역이고, 서울에 본사를 둔 기업들은 대부분 상당한 규모를 가진 경우가 많다.

그러니 산재로 인한 위자료 1억 정도에는 눈도 깜짝하지 않을 곳들이다.

"하지만 인천은 다르지. 인천에는 공장이 많아. 고만고만 한 기업들도 많고, 당연히 산재도 많이 일어나지. 그러면 기 지역의 정치인들은 무슨 생각을 할까?"

"아…… 더럽네."

"그렇지?"

당연히 기업의 환경 운운하면서 산재 배상 금액을 최대한 낮게 잡으라고 법원에 요구할 것이다.

실제로 인천 지역은 타 지역에 비해 위자료나 손해배상금 이 터무니없이 낮기로 유명하다.

"그러니 그들은 불리할 게 없어."

피가 말라 가는 것도 내 일은 아니고, 정부는 대놓고 자기 들 편을 들어 준다.

"그리고 산재라는 것은 필연적으로 개인 대 기업의 싸움이 될 수밖에 없어. 대부분의 사람들이 질 수밖에 없는 구조로 되어 있지."

"휴우."

유가족들이 아무리 돈을 모아 봐야 수천만 원짜리 변호사 를 쓰는 게 한계다.

하지만 기업은 수억짜리 변호사를 쓰고, 최대한 후려친다.

그렇게 하는 것이 기업의 입장에서는 훨씬 유리하기 때문이다.

"아마도 저쪽에서는 말장난하면서……."

띠리링.

노형진이 추가적으로 설명하려고 하는 찰나, 그에게 문자가 왔다.

노형진이 확인해 보니 유가족들에게서 온 문자였다.

-합의금에 대해 이야기하자고 합니다.

사흘째에, 합의금에 대해 이야기하자고 연락이 왔다는 것이다.

"드디어 본색을 드러내기 시작하는군."

노형진의 입술 끝이 비틀려 말려 올라갔다.

⚖️

-저희는 최선을 다하고 있습니다. 지난번의 소동은 개인적으로…….

노형진은 유가족들에게 모든 대화를 녹음하라고 충고했다.

그리고 그들이 녹음해 온 회사 측의 말은 노형진뿐만 아니라 변호사들을 열 받게 하기에 충분했다.

-아직 충분한 산정이 끝난 건 아니지만 일단 저희가 먼저 드리는

쪽으로 말씀드리는 겁니다. 아무래도 하청 회사가 부도를 내고 도망가면 여러모로 곤란하니까.

노형진은 그 말을 듣다가 코웃음을 쳤다.

"장난하는 것도 아니고."

"네?"

"이렇게 말했다고요?"

"네."

"사고를 낸 곳이 하청인가 보군요. 형님은 하청에 속하신 분인가요?"

"아니요, 정직원인데요. 이게 잘못된 건가요?"

"네, 잘못된 거죠. 아주아주 잘못된 거죠."

노형진의 입가에 피식, 비웃음이 떠올랐다.

이 말을 하는 사람들의 행동은 너무나 익숙하다.

소위 말하는 법률적 워딩.

합법적인 선 내에서 상대방을 위협할 때 쓰는 변호사들의 말투.

'하지만 합의하러 온 사람은 변호사가 아니란 말이지.'

변호사라면 모르지만, 합의하러 온 사람은 회사의 상무다.

그렇다면 답은 하나뿐이다. 이런 일을 여러 번 해 본 사람이라는 것.

"사실 이 경우 배상 책임은 누가 봐도 본사에 있습니다. 나중에 하청에 요구를 하든 말든, 그건 그쪽 사정이지요. 회사 내에서 난 사고이고 사내 하청이었으니까요."

"그런데요?"

"그런데 저쪽은 뜬금없이 하청 회사의 부도 운운합니다. 그런데 부도라는 게 뭔데요? 이 상황에 부도가 날 수 있는 게 아니잖습니까?"

부도라는 것은 돌아오는 어음이나 결제 대금을 처리하지 못해서 최종적으로 기업이 망하는 것을 뜻한다.

그런데 지금까지 멀쩡하게 굴러가던 회사가 뜬금없이 부도를 낸다?

그건 불가능하다.

작심하고 돌아오는 모든 어음을 부도 처리를 낸다고 해도, 못해도 두 달 이상은 걸리는 게 부도다.

"그런데 부도 운운하는 이유는 간단합니다. 일종의 위협인 거지요."

"위협?"

"네. 너희가 지금 이걸 받아들이지 않으면 나중에는 땡전 한 푼 못 받게 될 수도 있다, 그러니 적당히 받아들여라 하는 겁니다."

"이런 개새끼들."

유가족은 분노로 입술을 깨물었다.

사람 목숨을 놓고 이런 식으로 장난을 쳐 올 줄은 몰랐던 것이다.

이것이법이다

"그것뿐이 아니군요."

그들이 법률적 워딩을 통해 장난치는 것은 그곳만이 아니다.

"구상권 운운하는 것도 장난이지요."

"네?"

"구상권을 청구하는 건 당연합니다. 사고를 낸 당사자는 하청 업체이니까요. 하지만 그 내면을 보면 이야기가 좀 달라지지요."

노형진은 볼펜을 꺼내서 메모지 한 장에 그들이 한 말을 차근차근 분류해 가면서 설명했다.

"일단 그들의 배상금 중 일부는 산재보험에서 나옵니다. 산재보험은 정부에서 지급하는 거죠. 물론 회사에서 미리 보험금을 내기는 하지만, 지금 지급하는 것보다는 훨씬 적죠. 두 번째로, 그들이 말하는 구상금을 따져 볼까요? 아직 구상금 비율이 결정되지 않았다고 하죠? 왜 그럴까요? 대부분의 경우 하청은 본청에 비해 약자입니다. 당연히 그쪽에서 요구한 비율이 높아도 거부하지 못합니다. 마지막으로, 차량 사고라고 하셨지요? 그렇다면 차량에 아마도 차량 보험이 들어 있을 겁니다."

노형진은 그걸 차근차근 정리했다.

그러고는 슬며시 미소를 떠올렸다.

그 미소는 절대로 기분 좋은 미소가 아니었다. 비웃음 또는 빈정거림으로 가득한 미소였다.

"이 수치대로 계산한다면 시설물 관리 책임을 가지고 있는 본청은 결과적으로 단 한 푼도 지출하지 않는 셈입니다."

"네에?"

어이없다는 듯, 유가족은 계산된 수치를 바라보았다.

"도리어 돈을 벌 수도 있지요."

"돈을 번다고요?"

"네, 사설 산재보험에 들어 났다면 돈을 더 받을 수도 있으니까요."

"이런 개새끼들."

"그게 현실입니다."

물론 이건 노형진이 임의로 계산한 것이다.

하지만 아무리 계산해도 본청에서 내놓을 돈은 3천 이하다.

"솔직히 말씀드리면 저쪽에서 주겠다고 한 금액은 법적인 부분에서 인정하는 최저치입니다."

"최저치요?"

"네. 전에 사진 찍어 가신 거 기억하시죠?"

다들 고개를 끄덕거렸다.

"그들은 그 사진을 가지고 뒷조사를 했을 겁니다. 당연히 유가족들에 대해서도 조사했을 테고요. 그렇다면 최대한 후려쳐도 문제가 되지 않는다는 것도 이미 알고 있겠지요."

"뭐라고요?"

"이런 사건에서의 계산법이 이미 존재하거든요."

일반적으로 이런 걸 계산할 때는 일실 손실, 그러니까 그 사람이 정년퇴직할 때까지 벌 돈을 기준으로 계산해서 피해 액수를 구한다.

그 후에 20~30퍼센트를 사용한 금액으로 잡아서 나머지를 피해로 보고 지급한다.

여기까지가 절대적인 부분이고 그 이후에 위자료 등에서 차이가 나게 되어 있다. 당연히 그 과정에서 회사의 과실 등도 따지게 되어 있고.

그런데…….

"적네요?"

"네."

고인의 월급을 기준으로 따진 것임에도 불구하고 그들이 제시한 금액은 받아야 하는 금액의 70퍼센트 수준밖에 되지 않았다.

"더군다나 이렇게 사고인 경우는 배상금이 더 늘어나야 합니다."

그렇지만 회사에서는 터무니없는 조건을 내걸고 있었다.

"애초에 줄 생각이 없는 거죠."

노형진은 혀를 끌끌 차면서 말했다.

"그러면 어쩌지요? 소송으로 가야 하나요?"

"그게 문제입니다."

노형진은 고개를 절레절레 흔들었다.

"저들이 원하는 게 바로 그거거든요."

"네?"

"아니, 그건 나중에 알게 되실 겁니다. 그러면 일단 저들과 만나서 이야기해 보도록 하죠."

저들이 어떻게 나올지 예상이 되기는 한다. 하지만 그걸 당한 사람들이 아니면 알지 못한다.

물론 머리로는 안다. 하지만 마음으로는 이해하지 못한다.

'이건 오래 걸리는 싸움이야.'

그리고 이때 필요한 것은 바로 유가족의 분노다.

분노야말로 때로는 힘이 되니까.

"도대체 왜 금액이 70퍼센트밖에 되지 않는 거죠?"

노형진은 상대방 회사를 만나서 대놓고 물었다.

어차피 저들의 목적은 뻔하다. 그러니 자신도 그렇게 따라가 줄 생각이다.

"그거야 저희는 최선을 다해서 책임을 지는 의미에서……."

"말장난하지 마시고요. 왜 배상액이 법에서 정한 금액의 70퍼센트 정도밖에 되지 않느냐고요."

"그건……."

"거기에다가 이건 명백하게 민법상의 배상액만 기준으로

한 것이고, 형법상의 배상은 따로일 텐데요? 그런데 그쪽에서 요구한 조건은 가해자에 대한 배상까지 한꺼번에 포함한 거 아닌가요?"

의뢰를 받았다고 무조건 재판으로 갈 수는 없다.

사실 사람들의 생각과 다른 변호사의 주요 업무 중 하나가 바로 합의다.

합의로 끝낼 수 있으면 서로에게 유리하기 때문에 가능하면 합의에서 끝내려고 한다.

문제는 상대방이 합의할 의사가 없을 때다.

"보통 그렇게 합니다."

"보통요?"

"네, 보통 그렇게 합의합니다. 그동안 그래 왔고요."

"그동안 그렇게 해 왔다는 건, 원래도 형사 쪽에 대한 책임을 지지 않았다는 거네요?"

"원래 형사에 대한 책임을 지지 않는다는 게 아닙니다. 포함해서 그런 거라는 거죠."

누가 봐도 형사적 배상금은 포함되지 않은 금액이다. 그런데 사고를 일으킨 회사는 마치 그것까지 모두 포함된 금액인 것처럼 말장난을 하고 있었다.

"그러니까 그 보통이라는 게 회사의 규정이라는 거네요?"

"네."

"그리고 보통이라는 말이 나올 정도면, 상당히 자주 산업

재해가 일어난다는 뜻이고요?"

노형진이 예상하지 못한 방향에서 훅 치고 들어오자 상무는 순간 당황한 듯 움찔했다.

"그러면 그분들은 모두 그런 식으로 합의했다는 거네요?"

"그건……."

"그러면 명백하게 속임수를 쓰신 거 맞죠?"

"……."

"합의가 끝이 아닙니다. 합의 과정에서 속임수를 쓰시면 그 합의는 무효입니다. 아시나요?"

노형진의 연이은 공격에, 회사 측에서는 당혹감을 감추지 못했다.

보통은 돈을 더 달라고 요구하거나 멱살을 잡고 죽은 사람을 살려 내라고 하지 이렇게 법적으로 치고 들어오면서 가타부타 따지는 경우는 없었기 때문이다.

'그리고 이런 경우가 너희들에게는 제일 힘들지.'

그냥 돈 더 달라고 하면 합의 결렬하고 파투를 내면 그만이다.

멱살 잡고 덤비면 적당히 맞아 주다가 폭행으로 고소해서 약점을 잡고 들어가면 유리하다.

그런데 한마디 한마디를 문제 삼는 것은, 저들로서도 상당히 대처하기 힘들다.

'하물며 이쪽이 맞는 말이라면 말이지.'

그러면 저쪽은 더 당황할 수밖에 없다.

"그래서 합의 조건이 이렇게 터무니없는 이유가 뭡니까?"

"그거야 보통……."

"그쪽이 보통이고. 우리 쪽은 보통이 아니지요. 저희는 판례를 들고나올 수 있는데요. 안 그래요?"

"……."

판례라는 말에 꿀 먹은 벙어리가 되는 회사 측.

맞는 말이다.

지금까지 그들이 했던 모든 합의는 보통이라는 말로 후려친 것뿐이지 판례에서는 이게 인정되지 않는다.

"더군다나 이 조건대로라면……."

노형진이 이렇게 심각한 표정을 짓는 데에는 이유가 있다.

"가해자에게 문제가 있네요."

"네? 가해자라니요?"

어리둥절한 표정이 되는 유가족들.

노형진은 그런 유가족들을 보면서 회사에서 또다시 거짓말, 아니 말하지 않은 부분이 있다는 사실을 알아차렸다.

"이번 사건은 업무상 과실치사입니다. 그리고 본청인 창선과 하청 회사는 관리 책임 및 산업 안전법 위반에 해당되지요."

그들이 제시한 서류에 차근차근 표시를 하면서 이야기하는 노형진.

"그런데 창선은 법적으로 아무런 책임도 지지 않습니다. 금전적으로도 모든 배상 책임은 하청 회사가 지는 형태가 될 테구요. 설사 일부를 지급한다고 해도 결국 보험회사에서 나오는 것일 테니까, 정작 관리 책임 위반과 산업 안전법 위반을 한 창선은 어떠한 피해도 입지 않는 형태가 되지요."

노형진은 그렇게 말하면서 회사의 직원을 물끄러미 바라보았다.

"그리고 그들은 여기에 슬쩍 가해자를 포함시켰습니다."

"가해자라고 하면……?"

"그 당시에 장비를 운전한 운전자요."

분명히 장비를 움직인 사람이 있을 것이다.

그 경우 현행법상 업무상 과실치사에 해당된다.

"그리고 그 경우 일반적으로 합의금은 5천만 원 정도 되지요. 그런데 당신들이 내놓은 합의서에 따르면 그 사람은 무조건 용서하도록 되어 있는데요."

노형진은 그렇게 말하면 회사 측 사람을 똑바로 쳐다보았다.

그리고 천천히 고개를 돌려서 유가족을 바라보며 물었다.

"혹시 이 중에 가해자 보신 분?"

유가족들은 입만 쩍 벌리고 있을 뿐 아무도 대답하지 않했다.

아니, 할 수가 없었다. 설마 그런 함정을 파 두었을 거라고는 생각도 못 했기 때문이다.

"우리는…… 보지도 못했는데."

"그 새끼 한 번도 안 왔어요."

"왔으면 우리가 그놈을 죽였지 살려 보냈겠습니까!"

울분을 토하는 사람들.

'그럴 줄 알았다.'

회사 측에서 묶어서 합의할 건 알고 있으니 합의할 생각도 사과할 생각도 없었던 것이다.

'개새끼들, 일을 이따위로 해?'

회사들의 이러한 행동은 한두 번 본 게 아니다.

하지만 보면 볼수록 사람을 열 받게 만든다.

"그분도 사정이 그렇게 좋은 분은 아니고…… 가정을 꾸리신 분이다 보니…….."

애써 사정을 이야기하면서 변명하는 상무.

빼도 박도 못하고 걸려 버리니 말장난도 못 하는 상황이 된 것이다.

"그건 그쪽 사정이지요."

노형진은 기가 차다는 표정으로 말했다.

"그리고 용서라는 건 이쪽의 권한이지 회사의 권한은 아니지 않습니까?"

"그건…….."

아차 하는 표정이 되는 상무.

노형진이 열 받는 부분이 바로 그 부분이었다.

"네, 그분도 일하는 노동자고 사정이 딱할 수도 있지요.

원청도 아니고 하청에서 일하는 분이니까요. 하지만 다시 한 번 말하거니와, 용서에 관한 권한은 유가족에게 있는 거지 당신들에게 있는 게 아닙니다."

노형진이 화가 나는 이유. 그건 회사가 은근슬쩍 유가족들의 권한을 빼앗으려고 했기 때문이다.

"그리고 아까부터 답변을 요구한 건데, 도대체 왜 형사와 민사가 함께 묶여 있는 거죠?"

"그건……."

또 보통이라고 해 봐야 이빨도 안 먹힌다는 걸 아는 상무는 대답을 못 하고 시선을 돌렸다.

아무리 노력해 봐야 노형진을 대상으로 후려치는 건 불가능하다는 것을 알아차린 것이다.

"그러면 다른 질문을 하지요. 왜 합의금이 70퍼센트 정도밖에 안 됩니까? 그것도 민사에 대한 부분만?"

"그건 일단 과실을 따져서 그런 겁니다."

"과실?"

"네, 일단 저희 쪽에서는 피해자의 과실을 30퍼센트 따져서……."

노형진은 코웃음이 나왔다.

"증거 있습니까?"

"네?"

"증거 있느냐고요. 피해자의 과실이 30퍼센트나 나온 증거요."

"보험사에서는 최대 50퍼센트라고 이야기하던데요?"

"그래요? 그런데 언제부터 보험사가 수사에 대한 사법권을 가져갔습니까?"

"......"

"보험사야 어떻게 해서든 돈 안 주려고 하지요."

그런데 보험사의 말을 기준으로 한다? 웃긴 소리다.

"그리고 그 말이 보험사의 주장인가요, 아니면 현장을 조사한 손해 사정인의 주장인가요?"

"......"

말하지 못하는 회사 관계자.

'그렇겠지.'

정상적인 손해 사정인이라면 그런 현장에서 피해자의 과실을 무려 최대 50퍼센트나 잡을 수가 없다.

최소한의 안전장치도 없고 최소한의 법률도 지켜지지 않은 현장에서 도대체 무슨 이유로 피해자의 과실을 50퍼센트나 잡을 수 있단 말인가?

'큰 권력에 기대어 이쪽을 압박하는 수단이다 이거지.'

저들이 손해보험 회사 운운하는 것은 자신들의 책임을 최소한으로 줄이기 위해서다.

"손해보험 회사에서 조사도 없이 그런 소리를 한 거라면 저희는 손해보험 회사를 고발해야 합니다. 그거 월권인 거 아시죠?"

"그건 좀······."

회사 쪽 담당자는 곤혹스러운 얼굴이 되었다.

보험회사에서 돈을 주기 싫어서 한 말을 기준으로 법적인 진행을 한다면 당연히 문제가 된다.

그리고 보험회사에서는 상당히 불편해할 테고.

"상식적으로 경찰의 기초적인 조사도 안 끝났는데 어떻게 과실 비율이 나오지요?"

물론 과실이 있는지 없는지 알 수는 없다.

그럼에도 불구하고 회사는 존재하지도 않는 과실 비율을 가지고 보상금을 무려 30퍼센트나 깎은 것이다.

"그거야 민사로 가면 나오는 건데······."

슬쩍 말을 흘리는 상무를 보면서 노형진은 피식 웃음이 나왔다.

'드디어 슬슬 본색을 드러내는구먼.'

저들이 원하는 것, 그건 민사로 가는 것이다.

민사로 간 후 판사에게 적당히 뇌물을 주면 알아서 후려쳐 준다.

더군다나 인천에는 기업들에게 우호적인 판사들이 가득하다.

그러니 자기들이 불리하다고는 결코 생각하지 않을 것이다.

"당신들이 왜 그러는지 난 알지요."

노형진이 고개를 주억거리며 말하자 회사 관계자들은 움

찔했고 주변 사람들은 어리둥절했다.

"이런 사건의 경우, 민사를 가면 판사들이 무조건 30퍼센트로 과실을 잡아 주거든. 안 그런가요?"

슬며시 고개를 돌리는 회사 관계자들과 분노로 얼굴이 붉어지는 유가족들.

"사고 현장에 CCTV도 없고 증인도 없고, 무슨 과실이 있는지도 알 수가 없고."

그러면 판사들은 대부분 7 대 3, 그러니까 사망자의 과실을 30퍼센트를 잡아 준다.

그게 보통 판례다.

"그런데 참 공교롭게도 당신들이 주장하는 과실도 30퍼센트란 말이지. 당신들이 말하는 게 뭔지는 알아. 아니꼬우면 민사 와라."

"크흠……."

속마음을 들켜서일까?

회사 관계자들은 아무런 말도 하지 못하고 애써 시선을 돌릴 뿐이었다.

그리고 그들이 노리는 게 뭔지 안 유가족들은 기가 차서 말도 못 하고 그저 입만 쩍 벌리고 있을 뿐이었다.

"합의하실 생각 있습니까?"

노형진은 유가족들을 보면서 물었다.

사실 여기서 합의하는 방법은 하나뿐이다. 저들이 요구하는 대로 다 받아들이는 것.

그러나 자신들을 이렇게 기만한 그들과 합의하려고 하는 사람은 없는 것이 보통의 현실이다.

"지금 장난합니까? 우리한테 속임수를 도대체 몇 개나 쓴 겁니까!"

"속였다기보다는……."

유가족이 발끈하자 속인 적은 없다고 슬쩍 발뺌하는 창선.

"속이지는 않았지요. 다만 말해야 하는 것을 말해 주지 않았을 뿐."

노형진은 차가운 표정으로 말했고, 그들은 그것에 대해 대꾸하지 못했다.

"합의는 없습니다! 법대로 합시다!"

"뭐, 그럽시다."

그들은 그다지 충격받지 않은 듯 눈도 마주치지 않고 바깥으로 나갔다.

지금까지 마치 최선을 다하는 양 읍소하던 것과는 너무나 다른 모습이었다.

"저, 저……."

그들의 행동에 유가족들은 기가 차서 말문이 막혀 버렸다.

"애초에 저들의 목적은 저거니까요. 당연한 겁니다."

저들의 목적은 터무니없는 조건으로 후려치든가 민사로 가는 것이다.

후려치는 데 성공하면 자신들이 보너스를 두둑하게 받을 테고, 민사로 가면 피가 마르는 것은 자신들이 아니라 유가족일 테니까.

"저런 개 같은 새끼들!"

흥분을 가라앉히지 못하고 펄쩍펄쩍 뛰는 유가족들을 노형진은 그저 바라보기만 했다.

'이것도 못 할 짓이야.'

사실 일이 이렇게 될 거라는 걸 알고 있었다. 회사들의 행동은 언제나 같았으니까.

그럼에도 불구하고 노형진이 아무 말 하지 않는 것은, 이러한 기나긴 싸움에서 가장 필요한 것 중 하나가 분노이기 때문이다.

"저쪽에서 원하는 건 개싸움입니다. 그리고 그 싸움을 통해 여러분들이 말라 죽기를 원하지요."

노형진은 그렇게 말했다.

"하지만 우리도 그들을 말려 죽일 수 있다는 걸 그들은 알지 못하지요. 우리의 전략은 간단합니다. 살을 주고 뼈를 취하는 겁니다."

살을 주고 뼈를 취하다

민사로 가기로 한 이상 주저할 필요는 없다.

하지만 노형진은 생각이 좀 달랐다.

"일단 내부 정리를 할 필요가 있습니다."

"내부 정리요?"

"네. 애석하게도 이런 개싸움을 할 때, 개 같은 인간이 회사에만 있는 게 아니라서요."

이해하지 못하는 얼굴이 되는 유가족들.

노형진은 그들에게 안타깝다는 표정으로 말했다.

"이번 합의를 진행할 때 극렬하게 합의를 주장한 사람 있습니까?"

"네?"

"좋은 게 좋은 거라는 식으로 말하거나, 차라리 합의를 빨리 끝내는 게 서로에게 유리하다느니 회사에서 주겠다고 한 돈이 작은 게 아니라느니 하면서 은근히 회사 편을 들어 주며 합의를 유도한 사람이 있느냐 말입니다."

"그건⋯⋯."

유가족들은 몇몇 사람을 떠올렸다.

"큰아버지가 그러시더군요. 좋은 게 좋은 거다, 합의를 길게 가 봐야 어차피 우리에게 도움되는 것은 없지 않느냐. 저쪽에서도 충분한 제시를 했으니 받아들이자고 하더군요."

노형진은 고개를 끄덕거렸다.

"역시나 그렇군요."

"역시나라니요?"

"회사에서 유가족을 공격할 때 가장 먼저 손을 쓰는 것은 유가족이 아니라 유가족들의 친척입니다. 이 경우는 그 큰아버지라는 인간이겠군요."

모두의 눈썹이 꿈틀거렸다.

"그게 무슨 말씀이신가요? 친척을 공격하다니?"

"사람은 주변에 휩쓸리는 존재거든요."

주변에서 합의를 강권하면 어쩔 수 없이 합의 쪽으로 끌려가는 것이 인간이다.

그리고 그런 식으로 강권하는 사람이 윗사람인 경우, 또 무조건 안 된다고 반박하지 못하는 것이 유가족이다.

"잠깐만……. 그러면 우리 큰집이 그쪽이랑 붙어먹었단 말인가요?"

"흔한 일입니다. 특별한 게 아니에요."

긴 싸움을 할 때 가장 도움이 되는 것은 친척이다.

그러나 이런 식으로 주변 친척을 잘라 내면 유가족들은 긴 싸움을 하지 못한다. 정신적으로 극도로 지치기 때문이다.

"그래서 경험이 많은 회사는 가장 먼저 친척을 공략합니다. 도와줄 사람들을 잘라 내는 거죠."

"이런 미친……."

'설마.' 하는 표정이 되는 유가족들.

하지만 그들이 설마라고 생각하는 그 점을 이용해서 기업들은 그들을 말려 죽이려고 덤빈다.

"물론 공짜는 아닙니다. 당연히 그들은 회사로부터 적절한 대가를 받아 내지요. 보통은 한 500만 원에서 1천만 원 사이입니다만."

"돈을 받는다고요?"

"네."

"이런 개새끼!"

망자의 동생은 자리에서 벌떡 일어났다.

"그 큰아버지라는 인간이 저한테 뭐라고 했는지 아십니까?"

뭘 그렇게 독이 올라서 싸우려고 하느냐고, 형을 그렇게 비싸게 팔아먹고 싶냐고, 돈독이 올랐냐고 그랬다.

그런데 정작 돈을 받은 건 그 인간이라니.

"자기가 팔아먹으면서 합리화하는 거죠."

"이런 씨발 놈의 새끼!"

화가 나서 흥분을 가라앉히지 못하는 그를 노형진은 진정시켰다.

"물론 100퍼센트 확신할 수는 없습니다. 실제로 일부 어른들은 일을 크게 만드는 걸 싫어하기 때문에 합의를 종용하는 경우도 적지 않으니까요. 하지만 저쪽에서 돈을 받고 합의를 종용하는 것은 전혀 다른 문제입니다."

단순히 돈을 받는다는 것의 문제가 아니다.

그렇게 포섭된 이상 그들은 사실상 저들의 스파이 노릇을 하게 된다. 이쪽에서 나오는 모든 정보를 그쪽으로 넘겨주는 것이다.

돈 욕심에 눈이 멀었으니 한 푼이라도 더 받아 내기 위해 말이다.

"그러면 어떻게 해야 하나요? 당장 싸워서 쫓아내야 하나요?"

"그건 추천하지 않습니다. 아까도 말씀드렸다시피 소송이 진행되어 긴 시간 가게 되면 도와줘야 하는 사람은 다름 아닌 친척들입니다. 의심만 가지고 이야기할 수는 없는 노릇이지요."

"그럼요?"

"간단합니다. 도둑이 제 발 저리게 하면 됩니다."

"도둑이 제 발 저린다?"

"네. 그리고 대부분의 경우 그 부분에서 걸러지지요."

⚖️

"뭐라고?"

유가족이 모두 모인 곳에서 노형진이 친척들에게 한 말은 다들 어리둥절하게 하기에 충분했다.

"우리가 말하고 있는 모든 전략이 다 기업 쪽으로 넘어가더군요. 아무래도 이 안에 스파이가 있는 듯합니다."

노형진의 말에 다들 서로를 바라보았다.

고인은 자신들의 조카이자 친척이었다. 그런데 스파이가 있다니?

말 그대로 조카를 돈에 팔아먹는 짓이 아닌가?

"그래서 확인을 좀 하려고 합니다."

노형진이 전면에 나서서 못을 박자 다들 기가 막혀 했다.

이런 경우 유가족이 나서는 것은 좋은 모양이 아니다.

어차피 변호사는 욕을 먹고 사는 존재.

이럴 때는 변호사가 욕먹을 각오 하고 나서는 게 모두에게 도움이 된다.

"그러니 지금 핸드폰을 모두 제출하여 주시기 바랍니다."

"뭐?"

그러자 그중 몇몇은 불만으로 가득한 얼굴이 되었다.

"변호사인 건 알지만, 이래도 되는 겁니까?"

특히나 큰집은 상당히 불만에 찬 표정으로 말을 꺼냈다.

"이래야 합니다. 지금부터 소송으로 들어가야 하는데 당장 정보가 새어 나가고 있습니다. 그렇다면 안전을 위해서라도 확인해야 합니다."

"그러니까 우리를 의심하는 거냔 말입니다!"

"네!"

노형진이 아예 확답을 주자 항의하려고 하던 사람들은 순간 입을 다물었다.

'아니요.'라고 하면 반박이라도 하겠는데 '네, 의심합니다.'라고 해 버리니 뭐라 할 말이 없었기 때문이다.

"핸드폰을 준다고 해서 뭐가 바뀌는데요?"

"간단하죠. 그쪽과 통화 내역이 있는지 확인해 보면 됩니다. 어려운 것도 아니지요."

지그시 주변을 바라보면서 말하는 노형진.

몇몇 어른들은 불편한 얼굴이 되었다.

하지만 노형진의 이글거리는 눈빛에 슬며시 고개를 돌렸다.

"그래서 지금 우리가 핸드폰을 자네에게 주면 다 해결된다는 건가? 별도의 연락 방법을 가지고 있을 수도 있지 않나?"

이 와중에 그나마 안정적으로 질문하는 것은 다름 아닌 할아버지였다.

이미 사정을 말해 두고 도움을 요청했기 때문에 그는 담담한 마음을 유지할 수 있었다.

사실 자기 자식 중에 그런 놈이 있다는 것 자체를 용납할 수 없다는 마음이 있는 것도 사실이고.

"그렇긴 합니다만, 이런 상황을 대비해서 대포폰까지 장만할 가능성은 보통은 없죠."

"그건……."

"아, 혹시 핸드폰 안 가지고 계신 분은 없겠지요?"

연락을 주고받았다면 당연히 그 핸드폰으로 주고받았을 것이다.

간단하게 핸드폰 통화 내역만 조사하면 진실은 드러난다.

"고인이 돌아가신 지 고작 며칠이 지났을 뿐입니다. 그사이 통화 내역을 확인하면 누구에게 전화를 걸었는지 알아내는 건 어려운 게 아니지요."

만약 누군가 배신했다면 그 기록은 남아 있을 수밖에 없다.

"통화 내역을 삭제할 수도 있으니, 조용히 내놓으세요."

"여기 있네. 내가 어른이니 내가 먼저 내놓아야겠지."

"크흠……."

몇몇은 불편한 얼굴이 되었지만 할아버지가 가장 먼저 내놓자 어쩔 수 없다는 듯 한 명 한 명 핸드폰을 내놓았다.

노형진은 그걸 받아서 전화번호를 일일이 찾아봤다.

연락 담당자가 다를 수 있기 때문에 이름이 저장되지 않은

번호는 일일이 전화해서 누구인지 확인해 보고 있었다.

그러나…….

"이게 뭔 짓거리야!"

큰아버지와 또 다른 두 명이 언성을 높이면서 소리를 질렀다.

"무슨 짓거리라니요? 보시다시피 확인하고 있는 겁니다만?"

"지금 집안 어른을 못 믿고 뒷조사를 하겠다는 거야, 뭐야?"

"뒷조사는 몰래 하는 게 뒷조사고요. 저는 지금 당당하게 요구하는 겁니다."

노형진은 피식 웃으며 말했다.

유가족들이 말하기를 가장 적극적으로 그들의 요구를 받아들이자고 한 것이 큰아버지라고 했다.

그가 가장 적극적이었다는 것은, 다른 사람 역시 있을 수 있다는 소리였다.

"에이, 씨발! 내가 여기까지 와서 장례 도와주고 이 꼴 당해야 돼? 어? 이 꼴 당해야 되냐고! 사람 무시해?"

"말 흐리지 말지요."

조카가 죽었는데 와서 조문하는 것은 누가 시켜서 하는 게 아니라 당연한 도리다.

그걸 했다고 해서 뭐가 생기는 것도 아니고 말이다.

"누명을 벗으시려면 여기서 그냥 핸드폰을 제출하시면 됩니다. 검사는 보다시피 5분도 안 걸립니다."

노형진은 그를 보면서 말했다.

그리고 그 말을 들은 세 사람의 얼굴은 더욱 구겨졌다.

"에이, 씨발! 나, 사람 무시하는 이런 인간들하고 같이 못 있어!"

"나도 못 있어!"

내놓으라는 핸드폰은 내놓지 않고 소리를 버럭 지르면서 일어나는 세 사람.

'있고 싶지 않은 게 아니라 더는 있을 수가 없는 상황이겠지.'

사람들이 없으면 몰래 통화 내역을 지우겠지만, 그럴 틈이 없었다.

당장 모든 사람들의 시선이 자신들에게 쏠려 있으니까 지금에 와서는 불가능한 상황.

결국 그들은 필요 이상으로 화를 내면서 상황을 벗어나려고 했다.

하지만 그러한 그들의 행동은 도리어 역효과를 불러왔다.

"내놓거라."

"네?"

"내놓으라고 했다."

할아버지의 말에 그들은 사색이 되었다.

그리고 다른 사람들도 마찬가지로 그들을 압박하기 시작했다.

"내놔."

"우리도 내났잖아."

"걸리는 게 없으면 내놓으면 그만 아니야?"

이상하게 생각한 다른 가족들의 공격에, 그들은 주춤주춤 뒤로 물러나려고 했다.

하지만 이미 포위당한 상태에서 그들이 할 수 있는 건 없었다.

"에이, 씨발!"

결국 상황을 참지 못한 큰아버지가 자리를 박차고 튀어 나갔다.

다른 사람들이 잡으려고 했지만 그는 거칠게 친척들을 밀치면서 바깥으로 나갔다.

"저, 저……."

"저 개새끼!"

"어려서부터 돈이라면 눈깔이 돌아가더니!"

그가 나가자 다른 사람들도 뒤따라 나갔다.

사람들은 당장이라도 그들을 잡아 오려고 했지만 할아버지는 그런 그들을 말렸다.

"이제 우리 집안사람 아니다. 내보내."

"네?"

"자기 친척 팔아먹는 새끼들을 뭘 믿고 집안에 들여놔. 호적에서 팔 테니 그렇게들 알아."

그렇게 말하자 다들 당혹감을 감추지 못했다.

특히나 뛰쳐나간 사람들의 가족은 당황해서 어쩔 줄 몰라

했다.

"너희들도 가거라."

할아버지가 손짓하니 그들은 우물쭈물 눈치를 살피면서 그곳에서 떠났다.

그러자 뒤에 남은 유가족들은 당혹감을 감추지 못했다.

"세 명이라……. 그렇지요."

한 명이 문자 그대로 발 벗고 나서서 열심히 설득한다 해도 합의는 진행되지 않을 확률이 높다.

하지만 세 명 정도면 충분히 설득해서 합의를 진행시킬 수 있다.

"이렇게까지 하는 이유가 뭡니까? 네?"

"돈이지요."

저들에게 쥐여 주는 돈은 많아 봐야 3천 이하일 것이다.

하지만 저들이 나서서 유가족을 설득하면 회사 입장에서는 최소한 1억 이상 남는다.

"아니, 그 돈 없어도 충분히 버틸 수 있잖아요! 그 회사 정도면 하루에 술값으로 수억씩 날려도 버틸 수 있을 텐데."

"원래 그런 겁니다."

합당한 배상금을 주는 것보다는 회장이 술값으로 날리는 돈이 오히려 아깝지 않은 것이 기업이다.

"다른 사건을 생각해 보세요. 정치인에게 수백억씩 아예 차떼기로 뇌물을 가져다주는 게 기업입니다. 하지만 같은 해에 사망한 노동자에게 단돈 몇천만 원 덜 주려고 3심까지 가는 것 역시 기업이지요.”

유가족들은 입술을 깨물었다.

틀린 말이 아니다. 기업은 부도덕하다.

“노래에 나오는, 한 달 월급을 여자 가슴에 꽂아 주는 사장의 모습이 70년대에 국한된 이야기가 아니에요.”

그들은 그러한 행동을 지금도 하고 있다.

자기 내연녀에게 사 주는 수십억짜리 아파트는 조금도 아깝지 않지만 사망한 노동자와 그 유가족들에게는 1억도 아까운 게 그들의 마음.

“개자식들.”

분노로 이를 빠드득 가는 유가족들.

노형진은 그런 그들의 어깨에 손을 올렸다.

“싸움은 지금부터입니다. 저들이 도망가지 못하도록 하고, 어떻게 해서든 저들에게 복수해야 합니다. 돈을 받는 거요? 그것도 중요하지요. 하지만 돌아가신 분의 복수도 중요합니다. 솔직히 말해서 그런 분들의 인생의 값어치를 어떻게 돈으로 따지겠습니까? 하지만 굳이 따져야 한다면 그에 맞는 합당한 배상이 이루어져야 한다고 전 생각합니다.”

그래야 뒤에 남은 유가족들이 생계를 이어 갈 수 있다.

그들에게는 고작 1억이지만 유가족에게는 미래와 생계가 달린 일이다.

당장 한 학기 등록금이 1천만 원이 훌쩍 넘는 세상에서 그 돈이면 대학을 다닐 수 있고 아이들의 미래가 바뀔 수 있다.

"그러기 위해 여러분들이 강해져야 합니다. 이 싸움은 돌아가신 분을 위한 싸움이 아니에요. 살아남은 분들을 위한 싸움입니다."

그래서 노형진이 가장 싫어하는 것이 죽은 사람은 조용히 보내자고 하는 말이었다.

죽은 사람을 조용히 보내는 것이 좋은 선택이기는 하지만, 상대방이 그걸 노리고 후려치려고 한다면 이쪽도 그만한 준비를 해서 싸워야 한다.

좋게 보낸다고 뒤로 물러나기만 한다면 남은 가족들은 맘은 편할지 모르지만 뒤에 남을 처와 자녀들은 그 맘 편한 대가로 미래의 생활 자체가 흔들리게 된다.

"걱정 마세요. 이런 개싸움, 저 잘합니다."

저쪽에서 걸어온 개싸움이다.

노형진은 그걸 피할 생각이 추호도 없었다.

⚖️

"장례식장은 일단 유지하는 걸로 했어."

기본적으로 산재의 장례식장 비용은 기업이 대는 걸로 되어 있다.

이쪽에서 가지는 카드가 많지 않은 만큼 최대한 압박을 가하기 위해서는 뭐든 써야 한다.

"힘드시지 않을까?"

"힘들겠지. 하지만 오래가지는 않을 거야."

"뭐? 합의가 깨졌다면서? 민사로 가는 거 아냐?"

그러면 당연히 시간이 오래 걸린다.

시간이 걸릴수록 유가족은 피가 마른다.

"네가 말했잖아, 민사로 가서 유가족 피를 말리는 게 그들 수법이라고."

"그렇지."

노형진은 고개를 끄덕거렸다.

저들의 수법이 그거고, 바로 그걸 노리고 이 짓거리를 벌인 것이다.

"하지만 민사로 안 가."

"뭐?"

"자네, 그게 무슨 말인가?"

송정한은 당혹스럽다는 듯 물었다.

당연히 민사로 간다고 생각했다. 그런데 안 간다니?

"우리 피만 마르는 걸 아는데 왜 민사로 갑니까?"

"소송을 포기하겠다는 건가?"

"아니요, 그건 아닙니다. 하지만 소송은 최후의 수단이라는 거죠."

"최후의 수단?"

"네."

노형진은 고개를 끄덕거렸다.

"저들이 원하는 건 소송이니까, 그걸로 안 가면 됩니다."

"하지만 그러면 유가족들이 지칠 텐데?"

"그 전에 합의를 이끌어 낼 겁니다. 좀 더럽기는 하지만요."

"더럽다고?"

"네. 어찌 되었건 이 사건에서 제일 중요한 건 돈입니다. 뒤에 남은 가족들의 생존을 위해서는 돈이 필요해요. 민사로 가면 우리가 손해인 것도 있으니까요."

"음……."

민사로 가면 저들이 말한 것보다 더 많은 돈을 받아 낼 수는 있다.

하지만 한국 법원의 특성상 충분한 만큼의 돈을 받아 낼 수는 없다.

한국 법원은 전통적으로 친기업이기 때문이다.

"그러면 어떻게 할 생각인가?"

"토해 내게 만들어야지요."

"하지만 그렇게 쉽게 주지는 않을 텐데?"

"그렇게 만드는 게 변호사입니다."

노형진은 다른 변호사들과 다르다.

사건을 담당해서 그저 법원에 출석하고 끝이 아니다.

최대한 의뢰인의 이득을 위해 싸운다.

"그리고 때로는 시간이 저들의 편이 아니라 우리 편일 수
도 있지요."

노형진은 이번에 그렇게 만들 생각이었다.

⚖️

"어?"

이른 아침, 일이 시작되면 사람들이 가장 먼저 해야 하는
것은 다름 아닌 원자재의 확인이다.

그런데 그 원자재를 확인하러 온 사람들은 그 앞에 있는
사람들을 보고 당황했다.

"누구십니까?"

"법원에서 나왔습니다."

"법원?"

"네."

"아니…… 법원에서 왜……?"

"가압류하러 왔습니다."

모두의 얼굴이 어두워졌다.

그들이라고 산재가 발생한 것을 모르겠는가?

동료가 그렇게 허망하게 죽은 것을 모르겠는가?

하지만 가족을 먹여 살려야 하니, 어쩔 수 없이 노예처럼

일해야 하는 것이 그들의 처지다.

"가압류라고 하면……."

누군가 노형진에게 물었다.

가압류를 한다면서 왜 원자재 창고에 있단 말인가?

"당연히 압류를 하기 위해서지요."

"뭐라고요? 뭘요?"

"당연히 원자재를 압류할 겁니다."

"네에?"

다들 입을 쩍 벌렸다.

원자재를 압류하다니?

"기계나 장비가 아니고 원자재를 압류한다고요?"

"네."

"아니, 하지만 이건 얼마 하지 않는데요? 솔직히 이거 다 압류해도 그 금액에 못 미칠 텐데요."

"압니다."

노형진은 고개를 끄덕거렸다.

안다. 그리고 알기 때문에 여기에 온 것이다.

"아마 여기에 있는 거 말고 추가로 오는 것도 압류해야 할 겁니다."

"차라리 공장 안에 있는 걸 압류하시지요. 장비가 더 비싼데."

그래도 같이 일했던 동료였기 때문에 그들은 애써 돈이 되는 것을 알려 줬다.

하지만 노형진은 씩 웃었다.

"돈 필요 없습니다."

"네?"

"오늘은 푹 쉬세요. 아니, 당분간은 푹 쉬셔야 할 겁니다."

"그게 무슨 말씀이신지?"

"법적으로 가압류라는 것은 임시로 압류하는 겁니다. 당연히 회사에서는 그걸 마음대로 쓸 수가 있지요."

"그런데요?"

"하지만 전제 조건이 있습니다. 그 물건의 가치를 변동시켜서는 안 될 것."

"변동시키면 안 된다고요?"

"네."

"그러면?"

"기계는 쓴다고 해서 가치가 변하는 건 아니잖습니까?"

"아!"

사람들은 그제야 노형진이 뭘 노리는지 알아차렸다.

가치가 변동되어서는 안 된다는 조건.

만약 기계를 가압류하면 그건 그다지 문제가 되지 않는다.

기계를 돌린다고 해서 가치가 떨어지는 건 아니니까.

하지만 원자재라면 이야기가 달라진다.

가공할 수밖에 없으니 모양도, 가치도 변동된다.

당연히 법적으로 그걸 가공할 수는 없다.

"기계에 붙여 봐야 공장이 돌아가는 걸 막을 수는 없지요."

하지만 원자재는 다르다. 그건 훼손할 수가 없으니 당연히 공장이 멈춰야 한다.

그리고 공장이 멈추면 그 피해는 어마어마하게 늘어난다.

"가서 사장님한테 말씀드리세요, 개싸움 한번 거하게 하겠다고."

⚖

"뭐라고!"

창선의 사장은 당혹감에 되물었다.

"공장이 멈춰?"

"네, 지금으로서는 자재가 없어서 움직일 수가 없답니다."

"뭔 개소리야! 자재 들어온 지 몇 달이나 지났다는 거야, 뭐야?"

"들여온 자재가 가압류로 묶여 버렸습니다. 그래서 공장을 돌릴 수가 없습니다."

"이런 개 같은 경우가······."

사장은 당혹감을 감추지 못했다.

공장이 하루 멈추면 그 피해는 이루 말할 수가 없다. 못해도 하루에 3억 이상의 피해가 발생한다.

그런데 원자재를 못 써서 공장이 멈추다니?

"당장 빼다 써!"

"그게, 법원 관리관이 아예 지키고 있습니다."

"큭."

그렇게 마음대로 하면 자신들에게 처벌이 내려온다.

그러니 마음대로 빼다 쓸 수도 없는 노릇.

"당장 그거 풀어! 이럴 때 쓰라고 우리가 변호사 두는 거지! 우리 변호사는 폼이야? 어? 폼이냐고!"

"그게……."

상무는 약간 곤란한 표정으로 말했다.

"이미 말해 봤습니다. 그런데 아무리 가압류를 빨리 풀려고 해도 일주일은 걸릴 거라고……."

"뭐? 일주일?"

"네."

가압류를 풀어 달라고 한다고 해서 법원에서 오냐, 하고 당장 풀어 주는 게 아니다.

그 요청의 정당성을 확인하고 문제가 없을 때 풀어 주는데, 그 심사 기간만 일주일은 걸린다.

"뇌물을 적당히 쓰면 빨라질지도 모르지만……."

"그러면 써! 일주일이나 회사를 멈출 거야? 우리 회사 망하게 할 생각이야!"

"회장님, 상대방은 새론입니다. 지금까지 다른 기업들도 뇌물 쓰다가 한두 번 걸린 게 아닙니다."

이것이 법이다

"크윽."

그랬다.

새론은 그 거대하다는 성화와 싸워서 이긴 곳이다.

당연히 성화의 로비력은 자신들 이상이었다.

그럼에도 불구하고 그들은 제대로 로비도 못 하고 몰락했다.

새론은 기업전에 들어가면 뇌물을 쓸 것을 예상하고 판사에 대해서도 지극히 관심을 보이기 때문이다.

"씨발, 그러면 어쩌자는 거야? 공으로 일주일 기다리면 되는 거야?"

"그게……."

상무는 아무래도 말해야 하나 말아아 하나 고민하는 눈치였다.

그러나 말하지 않는다고 해서 상황이 나아지는 것은 아니기 때문에 그는 어쩔 수 없이 입을 열었다.

"저쪽에서 이의신청을 하면 재판을 해야 한답니다."

"뭐?"

"저쪽에서 이의신청을 하면 재판으로 싸워야 한답니다. 그러면 못해도 2개월은 걸릴 거라고……."

"지금 장난해!"

공장이 멈추면 하루 피해가 3억이 넘는다. 그런데 2개월이나 멈추면, 기업더러 망하라는 꼴이다.

"이런 개새끼들이! 뭐야, 저 새끼들 왜 저래!"

"그게……."

지금까지 변호사를 상대해 보지 않은 게 아니다.

그러나 이런 식으로 적극적으로 말려 죽이겠다고 덤비는 변호사는 본 적이 없다.

대부분의 변호사들은 그저 협상 자리에서 말 몇 마디 하고 재판정에서 몇 마디 하는 게 끝이었지, 이런 식으로 덤빈 사람은 처음이었다.

'이런 뜻이었나.'

상무는 입술이 바짝바짝 말랐다.

노형진이 했던 말이 있다.

자기는 개싸움 잘한다고, 그러니 개싸움 한번 해 보자고.

거기에 있는 직원들에게 말했다고 한다.

'젠장. 이런 식이면 곤란한데.'

노형진이 노리는 바는 정확하다.

나 돈 받는 거 안 급하다.

하지만 우리에게 줘야 하는 돈보다 더 많은 피해를 너희에게 입힐 수 있다.

그게 노형진의 행동이 전하는 의도였다.

'이거 어쩐다…….'

자신은 어떻게 해서든 합의를 파투 내라고 해서 낸 죄밖에 없다.

하지만 이게 장기화되면 그 책임은 합의를 파투 낸 자신이

지게 되어 있다.

기업이란 그런 곳이다.

"회장님, 그냥 합의를 적당히 진행하시는 게⋯⋯."

그는 자기 자리를 지키기 위해 조심스럽게 말했다.

"뭔 개소리야! 내가 누군데! 고작 변호사 새끼 하나 때문에 거지새끼들에게 돈 뜯겨야겠어?"

"그건⋯⋯."

이런 경우 대표의 자존심이 더 문제가 된다.

기업이 작으면 어떻게 해서든 합의하려고 한다. 그래야 피해가 줄어드니까.

하지만 창선은 작은 기업이 아니다.

그리고 그 정도 되면, 오너는 기업의 피해보다는 자기 자존심을 세우려고 하는 경우가 많다.

"끝까지 가자고 해! 개자식들, 단돈 한 푼이라도 못 줘! 말라 죽든 뭐 하든 내 알 바 아냐! 당장 변호사한테 저거 풀라고 하고! 소송을 하든 말든 끝까지 가!"

"하지만 대표님, 그러면 피해가⋯⋯."

"씨발, 그러면 저런 거지새끼들한테 고개 숙이고 들어가야겠어!"

자존심 싸움이 되어 버리자 상무는 한숨이 나왔다. 그리고 그 끝이 뻔하게 보였다.

'젠장⋯⋯.'

그는 끝까지 민사를 가야 한다고 주장했던 자신의 입을 저주할 수밖에 없었다.

"역시나 이렇게 나오네."

노형진은 코웃음을 쳤다.

저쪽은 당연하게도 가압류를 풀기 위해 이의를 신청했다.

"정식으로 소송으로 가는구나."

"정식으로 민사는 아니지."

노형진은 피식 웃으면서 서류를 덮었다.

"이건 가압류에 대한 소송이지, 민사가 아니야."

"뭐? 잠깐만, 그러면 민사는 언제 걸려고?"

어리둥절한 표정이 되는 손채림.

저쪽에서 대응하면 민사로 갈 줄 알았다. 그런데 민사로 가지 않는다니?

"3년 후."

"뭐?"

"현행법상 가압류의 기간은 3년이야. 그 안에 본안 소송을 걸지 않으면 가압류는 풀리지."

사람들의 생각과 다르게 가압류는 소송을 걸어야만 할 수 있는 게 아니다.

상대방에게서 돈을 받을 수 있는 명확한 이유가 있을 때 걸 수 있다.

애초에 가압류라는 것이 상대방이 돈을 빼돌리는 것을 막기 위해 기습적으로 거는 것이기 때문에 소송 없이 거는 것이 가능하다.

"3년 동안 천천히 걸면 되는 거야."

3년 내내 자기들은 가압류를 걸면 그만이다.

저쪽에서 소송을 걸고 풀면 또 걸고, 풀면 또 걸면서 시간을 질질 끌면 공장을 멈출 수밖에 없는 기업은 배보다 배꼽이 더 커진 상황이 될 것이다.

"저 자식들이 유가족을 말려 죽이려고 드는 거 알잖아? 그런데 우리는 그렇게 못 하라는 법 있어?"

유가족들도 변호사에게 맡겨 두면 피가 마를 이유까지는 없다. 마음이 아픈 것만 빼면.

하지만 대부분의 경우 그러지 못하기 때문에 피가 마르는 것이다.

"이참에 아예 기업을 말려 죽이는 시스템을 만들 거야. 그리고 이제 벌어지는 산재 사고는 다 쓸어 와야지."

"헐."

3년 동안 원자재를 압류하고 풀고 압류하고 풀기를 반복한다면 기업은 과연 얼마나 많은 피해를 입을까?

"아마 100억대 손해를 입게 될걸."

"그 정도면 사장도 잘리는 거 아냐?"

"잘리겠지. 주식회사라면 말이야."

말이 100억대지, 그것보다 피해를 늘릴 수 있는 방법은 많다. 아직 시작도 하지 않았을 뿐.

"뭐, 3년간 천천히 말라 죽다 보면 다급해서라도 정상적인 합의금을 토해 내겠지."

노형진은 어깨를 으쓱했다.

"그나저나 전에 알아본 건 어떻게 되어 가?"

"여기저기 알아보고 있어. 오래 걸리지 않아서 피해자들을 찾을 거야."

"한 명도 놓치면 안 된다. 이건 단순히 개싸움의 문제가 아니야. 잘못된 걸 고치는 거니까."

"알아."

노형진은 손채림에게 그동안 속아서 합의한 사람들을 찾으라고 했다.

그들을 설득해서 다른 소송을 진행할 것이다.

"하지만 이미 합의서를 써 줬잖아? 그런데 의미가 있어?"

"있지. 합의서도 속아서 쓴 거라면 소송은 걸 수 있거든. 법원에서 인정할지는 모르겠지만."

"그런데?"

"그렇다고 해서 그들의 죄가 용서가 되는 건 아니지."

노형진은 씩 웃으며 말했다.

"일단은 저쪽에서 가압류를 풀기 위해 이의신청을 했으니 우리도 이의신청을 해야겠지?"

그러면 이걸 풀기 위한 소송으로 들어갈 것이다.

그리고 그 시간 동안 저들은 피가 바짝바짝 마를 것이다.

"과연 시간의 여신은 누구 편인지 두고 보자고."

그리고 노형진은 자신의 편이라는 사실을 확신하고 있었다.

개와 싸울 때는 개처럼

"이런 개 같은 경우가!"

창선의 사장은 분노로 눈이 돌아 버릴 지경이었다.

자신들이 이의신청을 했더니 새론 역시 이의신청을 했다.

당연히 가압류를 풀기 위한 소송은 정식 재판으로 넘어갔고 짧게는 3개월, 길게는 1년 이상 걸리는 판국이 된 것이다.

"후우, 후우. 젠장, 당장 다른 곳에서 자재를 구해 봐!"

"사장님, 다른 곳을 통해 구하면 추가금이 들어갑니다."

"그러면 이대로 공장을 멈추란 말이야!"

"하지만······."

그렇게 되면 단가가 올라갈 수밖에 없게 된다.

"설사 구한다고 해도, 한국에 들어오려면 못해도 1개월은 걸릴 겁니다."

"아악!"

사장은 돌아 버릴 지경이었다.

공장에서 쓰는 자재는 정해진 기간에 정해진 양이 들어온
다. 그런데 노형진이 자재를 묶어 버리는 바람에 구멍이 난
것이다.

더 큰 문제는, 그 후에 들어온 자재도 묶여 버렸다는 것.

"이런 개자식!"

전이라면 꽉꽉 풀어 버렸을 것이다.

하지만 상대방이 새론이라는 것이 문제였다.

개인 변호사쯤 되면 무시하고 풀면 그만인데, 새론은 온갖
방법으로 그걸 방해하고 있었다.

더군다나 새론에는 다른 아군이 또 있다는 것이 문제였다.

"대표님, 기자들이 계속 주변에서 탐문하고 있답니다."

"철저하게 입단속해!"

"하지만 그게 쉽지 않습니다."

새론은 언론과 친밀한 관계를 유지한다.

물론 사이가 안 좋은 부분도 있지만, 최소한 노형진은 자
체적으로 언론사를 소유하고 있을 정도라서 그들이 눈에 불
을 켜고 주변을 들쑤시고 다니고 있기 때문에 보통 곤란한
게 아니었다.

"직원들 사기도 좋지 않고……"

"그게 중요해, 지금? 응?"

직원들 사기야 하등 중요한 게 아니다. 문제는 피해다.

벌써 수십억을 피해를 봤다.

"지금이라도 합의하시는 것이⋯⋯."

"끄응⋯⋯."

합의를 하자니 자신의 자존심이 상한다.

"젠장, 뒷조사할 때는 쥐뿔도 없는 새끼들이라며? 그런데 어떻게 새론에서 붙은 거야! 일을 제대로 하는 거야! 어!"

"그게⋯⋯."

상무는 입술을 깨물었다.

사장이 슬슬 자신을 탓하기 시작한 것이다.

그런데 그렇게 되면, 자연스럽게 그 이후에 자신의 자리는 날아갈 수밖에 없다.

"죄송합니다."

그는 고개를 푹 숙이는 것 말고는 아무것도 할 수가 없었다.

"일단 버텨. 다른 곳에서 자재 구해서 공장 돌려. 가압류를 무한대로 할 수 있는 건 아니잖아?"

"그렇습니다만⋯⋯."

"저 녀석들이 요구하는 금액만큼 이미 가압류가 들어갔으니까 더 이상 저 새끼들이 어떻게 우리 공장 못 멈춰. 그러니까 버텨. 저 새끼들 말려 죽일 방법 좀 찾아보고."

"네."

"망할 개자식."

노형진을 생각하면서 사장은 이를 빠드득 갈았다.

같은 시각, 노형진은 다른 사람들을 만나고 있었다.

손채림이 그동안의 사건을 추적해서 찾아낸 다른 유가족들이었다.

"이……."

그들은 분노에 부들부들 떨었다.

간이고 쓸개고 다 빼 줄 것처럼 굴면서 빌기에 합의해 줬더니 터무니없이 낮은 금액일 줄은 몰랐던 것이다.

"그들은 여러분들에게 거짓말을 하지는 않았습니다. 하지만 진실을 말해 주지도 않았지요."

말하지 않는 것은 범죄가 아니다. 그 점을 이용해서 유가족들을 후려친 것이다.

"하지만 저도 다른 변호사들을 만나 봤습니다. 그런데 그들도 이 정도면 맞다고……."

누군가 조심스럽게 물었다.

다른 변호사들은 이게 맞는 금액이라고 했다. 그래서 합의를 받아들인 것이다.

그런데 터무니없는 금액이라고?

"여러분들이 그들에게 놀아난 겁니다. 그들에게 한 질문은, 민사로 갔을 때 이게 맞는 금액이느냐는 것이었겠지요?"

"네."

"그러면 이 금액이 맞습니다."

하지만 그에 포함된 위로금과 그 과정에서 들어가는 산재 그리고 과실 등등을 말해 주지는 않았을 것이다.

"이런 말 하긴 죄송합니다만, 변호사들은 의뢰인을 최우선으로 생각합니다."

"그런데요? 그러면 말해 줘야 하는 거 아닌가요?"

"그게 문제죠. 단지 질문만 던지는 시점에서는, 여러분은 아직 의뢰인이 아닙니다. 그들 입장에서는 의뢰인도 아닌 사람을 위해 꼭 진실을 말해 줄 필요는 없습니다. 거기에다 상대방은 거의 대기업이나 마찬가지니까요."

"그러면?"

"척지기는 싫었을 겁니다."

"……"

"거기에다가 형사 합의금은 따로라는 부분에 대해서는 아무도 말하지 않았을 겁니다."

"……"

왜냐하면 거기에 대해 질문한 사람은 없을 테니까.

"그리고 가해자에 대한 부분도 언급하지 않으셨을 테지요."

"크윽……"

"여러분은 당한 겁니다."

다들 눈을 질끈 감았다.

너무 힘들어서 제대로 알아보지도 못하고 합의한 것이 이렇게 한이 될 줄은 몰랐다.

"자책하지 마세요. 다들 한 번은 겪는 일입니다."

그 한순간, 너무 힘들어서 잊기 위해 합의한다.

하지만 그 이후에 엄청난 후회가 밀려온다. 증오의 대상이 사라지기 때문이다.

그래서 이런 사건에 익숙한 변호사들은 최대한 합의를 늦추라고 조언한다.

충격이 너무 커서 제대로 된 판단도 하기 힘들기 때문이다.

"회사가 초반에 어떻게 해서든 합의하려고 하는 이유는 간단합니다. 이쪽이 불쌍해서가 아니에요. 이쪽이 정신을 차릴수록 자신들에게 유리하게 합의할 가능성이 낮아지기 때문입니다."

뿌드득. 좌중에서 들리는 이 가는 소리.

"그럼, 지금이라도 소송하면 못 받은 돈을 받아 낼 수 있습니까?"

노형진은 고개를 흔들었다.

"그건 모릅니다. 사실대로 말하면 그럴 가능성은 낮습니다. 일단 합의서를 써 주셨으니까요."

"그럼 왜 우리보고 모이라고 한 겁니까? 의미가 없잖아요!"

"이길 가능성이 낮다는 거지, 가능성이 아예 없는 건 아니니까요."

"그게 무슨 말이지요?"

이해하지 못하고 눈을 찌푸리며 묻는 사람들.

"복수할 수 있다는 뜻입니다."

"복수……."

"지금 여러분의 마음속에 있는 공허감을 전 이해합니다. 그래서 방향을 알려 드리는 것뿐입니다."

합의하고 나면 찾아오는 공허감, 분노, 그리고 그걸 투영할 대상이 없다는 것에 대한 상실감.

그 모든 것을 노형진은 너무나 많이 경험해 왔다.

합의하면 당연히 찾아오는 고통이다.

그리고 노형진은 그 분노와 고통을 정당하게 받아야 하는 놈들의 마음속에서 흐르게 할 생각이었다.

⚖️

노형진은 사람들을 모았다.

그리고 속임수를 써서 합의를 했다는 사실을 이유 삼아서 창선에 소송을 걸었다.

"이런 의미였나?"

"네."

터무니없는 소송이라면 재판부에서 기각할 가능성이 크다.

하지만 다행히 그쪽에서 미묘한 속임수를 썼다는 걸 증명할 방법은 많았다.

일부는 녹음하기도 했고 말이다.

숫자가 증언이 되는 상황에서 다수의 유가족이 한 말은 그 자체가 증언으로서 강력한 효과를 발휘했다.

"그리고 이 정도면 언론이 끼어들어도 할 말이 없지요."

한꺼번에 다수의 유가족들이 속임수를 핑계로 소송을 걸자 언론사들도 냄새를 맡고는 슬슬 모여들었다.

"물론 우리 쪽이 가장 빠르기는 했지만."

노형진이 만든 언론사가 가장 빠르게 소식을 전하기는 했다지만, 속칭 '우라까이'라 불리는 언론사끼리의 베끼기는 여전히 고쳐지지 않았기 때문에 그걸 언론사들이 서로 베끼면서 무서울 정도로 인터넷에 퍼지고 있었다.

"거기에다 인터넷에서 작업 팀이 움직이고 있으니까요."

노형진은 개싸움을 시작하는 그 순간부터 돈을 쓰는 데 주저하지 않았다.

인터넷 홍보 업체를 통해 적당히 작업해서 메인을 장식하게 만드는 건 어려운 게 아니었다.

"그래도 100억대 합의금을 주지 않은 건 너무한 거 아니야? 그걸 믿어?"

손채림은 노형진의 계획이 불안한 듯 물었다.

인터넷에는 창선이 유가족들을 속여서 무려 100억대가 넘는 합의금을 주지 않았다고 소문이 난 상태였다.

하지만 아무리 창선이 돈을 주지 않으려고 한다고 해도 100억대의 합의금을 주지 않을 정도면 정부에서 나서도 벌써 나섰을 수밖에 없다.

한 건당 1억만 깎아도 최소 백 건 이상의 산재가 발생했다는 소리이기 때문이다.

"인터넷이라는 게 원래 그런 뜬소문의 근원지잖아."

"응?"

"그렇잖아. 누가 무슨 소리를 했는지 모르지만 100억대라는 게 터무니없는 말이기는 하지. 하지만 알 게 뭐야? 누가 그거 확인한대?"

어깨를 으쓱하는 노형진.

어차피 인터넷에서 천하의 개쌍놈을 만들기 위해 한 일이다.

10억을 안 줬든 100억을 안 줬든, 그건 중요하지 않았다.

"이건 개싸움이야. 어차피 이쪽에 정의가 있다고 생각하게 만들면 그만이라는 거야."

"그러면 100억이라는 건?"

"어차피 내는 소문이라면 확실하게 나쁜 놈으로 만들어 주는 게 좋지 않겠어?"

나중에 소송해도 못 받을 수도 있는 돈이다.

그렇다고 해도 저쪽에서 뭘 어쩔 수 있는 것도 아니다.

인터넷에서 이런 소문이 돌 때 저쪽에서 허위 사실 유포로 인터넷에 글을 올리는 사람을 고소하기 시작하면 그건 국민들을 대상으로 전쟁하자는 꼴밖에 되지 않는다.

"이런 때 기업의 전략은 뻔하거든. 바닥에 납작 엎드리기."

노형진은 미소를 지으며 말했다.

"그리고 소위 사장이라는 새끼들의 자칭 명예라는 건 돈보다 더 비싸지, 후후후."

"이게…… 무슨 개 같은 상황이야! 나보고 사과하라니!"

"인터넷 여론이 좋지 않습니다, 사장님."

"씨발, 개돼지에게 사과하는 주인 봤어? 노예한테 사과하는 주인 봤냐고!"

"사장님, 말씀은 이해합니다만……."

땀을 뻘뻘 흘리는 상무.

인터넷에서 자신들을 물어뜯기 시작하자 상황은 걷잡을 수 없이 돌아갔다.

"차라리 합의하심이……."

상무는 입술이 바짝바짝 말랐다.

일이 커질수록 반작용 또한 더욱 커진다는 것을 알고 있기 때문이다.

이것이 법이다

자신들이 고작 몇억을 아끼기 위해 벌인 일로 벌써 10억 넘게 손해를 봤다.

그리고 그 손해는 지금 이 순간에도 계속 늘어나고 있었다.

'젠장…… 이럴 줄은.'

보통 유가족들은 한 푼이라도 더 받겠다고 덤비기 마련이다.

그런데 우리는 돈 필요 없다며 너희를 말려 죽이겠다고 덤비는 방식은 처음 당해 보니, 이건 도무지 어떻게 막아야 할지 답이 안 나왔다.

"젠장…… 합의해야 하나……."

심지어 자존심 하나로 버티던 사장조차 입술이 바짝바짝 마르는 모양이었다.

사장이라고 하지만 주식을 100퍼센트 가지고 있는 게 아니다. 다른 대주주들이 들고일어나면 여러모로 곤란할 수밖에 없다.

더군다나 새론이 알게 모르게 마이스터 투자금융과 밀접한 관계를 가지고 있다는 것은 널리 알려진 사실.

아직은 그들이 움직이지 않고 있다고 하지만 영원히 움직이지 말라는 법은 없다.

"다음 조정 기일이 언제야?"

"네?"

"다음 조정 기일 말이야. 우리가 숙이고 들어갈 수는 없잖아. 다음 조정 기일에 적당하게 물러나 주면서 돈푼이나 주고 털어 내자고."

사장도 어쩔 수 없다는 듯 말했다.

소송에 들어가면 당연히 조정 과정을 거치기 때문에 그때 적당히 물러나면서 자기 자존심도 지키고 사건을 무마할 생각이었던 것이다.

하지만 그의 자존심이 비싼 만큼 노형진의 계획도 치밀했다.

"그게…… 조정 기일이 없습니다."

"뭐? 그게 무슨 개소리야? 소송 중이라며?"

"그건 가압류 해지에 대한 소송일 뿐입니다."

"뭐라고? 그러면 조정은?"

"그게…… 없습니다."

"큭."

자기 자존심을 지키면서 은근슬쩍 사건을 무마하려고 하던 사장의 계획은 초장부터 무너질 수밖에 없었다.

그렇다고 합의해 달라고 매달리자니, 자존심이 너무 상한다.

"망할 놈들이, 진짜 보자 보자 하니까……."

"사장님, 진정하세요. 여기서 화를 내 봤자 불리해지는 건 우리입니다."

"끄응……."

설마 상대방이 기업이라는 곳의 약점을 이렇게 정확하게 알고 치고 들어올 거라고는 생각도 못 했다.

'대부분 그럴 생각은 하지 않지.'

못 하는 것이 아니라 안 한다.

변호사라는 족속들은 상대방이 힘이 있는 곳이라면 무리하게 싸움을 크게 만들지 않는다. 나중에 자신들에게 불이익이 올 수 있기 때문이다.

그래서 지금까지는 자신들이 불리한 싸움을 그다지 하지 않을 수 있다.

하지만 새론과 노형진은 그게 아니다.

나중에야 어떻게 되든 상관 않고 악착같이 싸워 대니 자신들로서도 여러모로 곤란하다.

"어떻게 할까요? 합의하자고 연락해 볼까요?"

"큭."

연락하자니 자존심이 상하고, 하지 말자니 매일같이 손해가 기하급수적으로 늘어나고 있다.

그나마 소매를 하는 업종이 아니라서 국민을 대상으로 거래하는 곳이 아닌지라 인터넷에서 개돼지들이 짖어 댄다고 해도 매출에는 그다지 영향이 없다는 게 다행이라면 다행인데…….

"일단은 버려 봐. 저 새끼들이 뭘 하든, 이제 쓸 만한 카드는 다 쓴 셈이니까, 버티다 보면 자기들이 똥줄을 타서 연락하겠지."

지금까지와 마찬가지로 생각한 사장은 그렇게 말했다.

하지만 마음 한편으로는 '그렇게 쉬우면 얼마나 좋을까?' 하고 생각하고 있었다.

부아아앙!

공장을 출발한 차량은 전국 방방곡곡으로 흩어졌다. 그리고 물건을 기다리는 수많은 사람들에게로 향했다.

그건 창선뿐 아니라 모든 기업들이 당연히 거쳐야 하는 배송 과정이었다.

"이거 참…… 일하니까 좋기는 한데 말이지."

"형님 생각에는 어떻게 될 것 같아요?"

"나도 모르겠다. 이런 경우는 처음이라……."

어찌어찌 원자재를 비싼 가격에 구해서 공장을 돌리는 데 성공했다.

손해를 감수하고라도 회사에서 공장을 돌리는 것은 바로 거래처 때문이다.

사실 원자재를 비싸게 사서 공장을 돌리는 건, 거래처를 지키는 것이 가장 큰 목적이다.

공장을 돌려서 얻는 피해가 10이라면 거래처를 잃어버리는 피해는 100이기 때문이다.

더군다나 다른 경쟁 업체들이 없는 것도 아닌 상황이라 거래처를 잃는 선택을 할 수는 없었다.

"그나저나 이거 제법 양이 많은데요?"

"제법 오래 거래를 못 했으니까. 저쪽도 재고가 얼마 없겠지."

두 사람은 이런저런 이야기를 하면서 거래처로 향했다.

그런데 입구로 들어가려고 하는 찰나에, 누군가 앞을 막고 소리를 지르기 시작했다.

"정지! 정지!"

"어?"

"정지하세요!"

"무슨 소리야?"

창고까지는 아직 거리가 있는데 정지하라는 말에 그들은 어리둥절했지만 아예 입구를 틀어막고 있으니 정지하지 않을 수도 없었다.

"무슨 일입니까?"

고개를 빼꼼하게 내밀고 묻는 운전사들.

그런 그들에게 내밀린 것은 다름 아닌 신분증과 법원 명령서였다.

"법원에서 나왔습니다."

"법원?"

"네. 이 안에 있는 거 창선의 물건이죠? 가압류를 집행하겠습니다."

"네에?"

어리둥절한 표정이 되는 두 사람.

가압류라니? 그건 생각도 못 한 말이었다.

"가압류라니요?"

"말 그대로 가압류입니다. 이 차량에 실려 있는 물품은 창선의 물건이고 우리는 소송 중이니까, 그에 맞는 가압류를 진행해야지요."

"하지만……."

"법적으로 문제 될 게 없습니다만?"

"그거야…… 그렇지만……."

법에 대해 잘 모르는 그들이 어리둥절한 표정으로 어쩔 줄 몰라 하자 뒤쪽에서는 거래처 사람들이 헐레벌떡 뛰어나왔다.

"이게 무슨 일입니까? 당신들 누구인데 차량이 들어오는 걸 막아요?"

"법원에서 나왔습니다. 창선의 물건에 대해 가압류를 진행하려고요."

"아니, 왜요? 이건 우리한테 올 물건이란 말입니다!"

"하지만 창선의 물건이지요, 아직까지는."

노형진은 히죽 웃으며 말했다.

'어떻게 해서든 도망가려고 한다 이거지. 내가 그걸 모를 줄 알아?'

기업이 제일 무서워하는 게 뭔지 누구보다 잘 아는 게 노형진이다.

그래서 그걸 건드리기 위해 끼어든 것이다.

"아니, 왜 가압류를 여기서 한단 말입니까!"

"그건 저희 마음이지요."

어깨를 으쓱한 노형진은 뒤에 있는 압류관들에게 신호를 보냈다.

그러자 압류관들은 지체하지 않고 트럭에 올라타 물품에 딱지를 덕지덕지 붙이기 시작했다.

"이게 무슨 짓입니까!"

"아까도 말씀드렸다시피 가압류 중입니다."

"뭐라고요? 그러면 우리는 어쩌라고요?"

"일단 현행법에 따르면, 물건은 받으시면 됩니다."

"뭐요?"

"현행법상 가압류된 물건도 거래는 가능합니다."

"허?"

이해하지 못하는 사람들.

가압류가 된 물건을 거래하는 게 가능하다는 소리는 들어 본 적이 없었다.

"그게 무슨 말입니까?"

"말 그대로입니다. 이걸 창선에서 여러분들에게 파는 것은 법적으로 문제가 없다는 거죠."

"그러면 가압류의 의미가 없잖아요?"

"없지는 않습니다."

노형진은 히죽 웃었다.

진짜로 의미가 없다면 자신이 여기에까지 와서 가압류를 집행할 이유도 없다.

"하지만 거래 이후에 압류 결정이 떨어지면 여러분들은 그 물건을 다시 토해 내거나 그 가액을 저희들에게 반환해야 합니다."

"뭐라고요?"

입을 쩍 벌리는 거래처 직원들.

"간단한 겁니다."

거래를 통해 해당 물품에 대한 권한은 받아 올 수 있다.

하지만 이미 가압류가 진행된 상태이기 때문에, 거래처는 그걸 그대로 토해 내야 한다는 것이다.

"만일 안 주면요?"

"당연히 당신들이 책임져야지요. 가압류된 물건을 관리하게 된 것은 여러분이니까. 이 경우는 거래가 완료된 게 아니기 때문에 선의의 제삼자가 성립하지 않는 거 아시죠?"

"그러면?"

"당연히 여러분들이 그 돈을 배상해야 한다는 겁니다."

"이런 미친."

생각지도 못한 말에 당황해서 어쩔 줄 모르는 두 운전사와 그걸 받아들일 수는 없다며 이를 박박 가는 거래처 사장.

"지금 그걸 말이라고 하는 겁니까?"

"말이라서 하는 겁니다. 아, 그리고 추가로 혹시나 해서 말하는 건데, 여러분들이 이거 팔아도 그 가압류에 대한 권한은 최우선적으로 가압류를 한 집행자에게 있다는 걸 아셔야 합니다."

"그건 또 뭔 개소리예요!"

"가압류를 풀기 위해서는 유가족의 동의가 있어야 한다는 거지요."

"이런 개 같은 경우가!"

"개 같은 게 아니라 법이 그런 거예요."

간단하게 설명하면 이런 거다.

가압류가 된 물건도 거래는 할 수 있다. 그러나 그걸 가지고 간 사람은, 만일 그게 정식으로 압류가 들어가면 그 물건을 반환해야 한다.

당연히 그 돈을 회사 측에 따로 요구하거나 자신이 손해를 감수해야 한다.

"그러면 우리는 뭘 팔고?"

거래처라고 하지만 최종 소비처는 아니다. 당연히 그들은 이 물건들을 다른 곳에 팔려고 한다.

"파는 건 불법이 아니에요. 다만 그걸 토해 내기만 하면 됩니다."

"어떤 미친놈이 그걸 사!"

"내 알 바 아니지요."

노형진은 어깨를 으쓱했다.

"일단 물건 하차가 안 끝났으니 돌려보내시든가 아니면 보관하시면서 풀리기를 기다리든가요."

거래처 사장은 얼굴이 붉으락푸르락해졌다.

자기가 바보도 아니고, 이런 물건을 받아서 창고를 차지하게 둘 리 없다.

아니, 창고 보관이 문제가 아니다.

만일 일이 틀어지면 이 물건을 유가족들이 가지고 갈 테고, 그러면 자신은 막대한 손해를 보게 된다.

창선에서 그 돈을 돌려주기야 하겠지만 사업하는 사람 입장에서는 돈이 묶여서 유동성이 악화된다는 게 치명적인 문제가 될 수도 있다.

"차 돌려."

"네."

창선 직원은 거래처의 말에 당황했다.

하지만 거래처 사장은 주저하지 않았다.

"차 돌리라고! 내가 바보야? 바보냐고! 이딴 하자 있는 물건을 받게 생겼어?"

"아니, 사장님! 그러지 마시고……."

"그러지 마시고는 뭔 그러지 마시고야! 내가 내 돈 들여서 적자 보게 생겼느냐고! 차 돌려! 물건 빼! 우리, 당신네 물건 안 받아!"

운전기사들은 얼굴이 사색이 되었다.

배달하러 갔다가 물건을 납품하지 못했다고 한다면 자신들에게 책임을 물을 게 뻔하기 때문이다.

"아이고, 사장님! 고정하세요!"

"고정하게 생겼어? 우리가 무슨 창고야? 우리가 왜 당신들 물건을 공으로 보관해 주면서 돈도 못 벌고 있어야 하느냐고!"

노발대발하는 사장과 그걸 보고 싱긋 웃는 노형진.

'이게 그 개싸움이라는 건가?'

승리를 위해서가 아니라 상대방에게 피해만 입히기 위해 발악하는 것.

그게 노형진이 진행 중인 전략이었고, 확실하게 타격이 되고 있었다.

"사장님, 진정하세요. 당장 물건이 없으면 우리도 장사 못합니다. 받아야 합니다."

"씨발, 그러면? 저거 받아서 팔자고? 물건 사 가는 고객들에게 뭐라고 할 건데? '이거 가압류된 겁니다. 이거 가지고 가셔서 곱게 보관하고 계셔야 합니다.' 이럴 거야? 어?"

창선과 친한 관계를 유지하던 직원 한 명이 조심스럽게 말리고 나섰지만 사장은 요지부동이었다.

"그건……."

본전도 못 건지고 뒤로 물러나는 남자를 보면서 노형진은 그들 사이에 끼어들었다.

"그 부분은 저희가 도와드릴 수 있을 것 같은데요."

"뭐라고요?"

노형진은 대답하는 대신에 뒤쪽으로 손을 흔들었다.

옷을 깔끔하게 차려입은 남자 한 명이 서성거리고 있다가 노형진이 부르자 조심스럽게 다가왔다.

"안녕하십니까! 대막의 박동규 대리라고 합니다. 그냥 박 대리라고 불러 주시면 됩니다, 헤헤헤."

사람 좋은 미소를 지으면서 접근하는 그를 보고 사람들은 눈을 찌푸렸다.

"대막?"

"그렇습니다. 대막입니다. 여기 명함입니다. 잘 부탁드립니다."

대막이라는 말에 다들 눈을 찌푸리는 것은, 대막이 창선의 라이벌 회사이기 때문이다.

대막 소속이라면 당연히 이곳에 있을 사람이 아니었다. 그런데 여기에 있다니?

"이건 상도덕에 어긋납니다!"

배달 기사는 비명을 지르듯이 외쳤다.

자신들의 물건은 들어가지 못한다. 그렇다고 저들이 영업을 멈출 수도 없다.

그렇다면 방법은 하나뿐이다. 자신들의 물건이 아닌, 다른 곳의 물건을 쓰는 것.

"상도덕에 어긋나는 건 아니지요. 그러면 거래처도 같이 망하라고요?"

노형진은 그들을 바라보며 빈정빈정 말했고, 창선의 직원들은 꿀 먹은 벙어리가 되었다.

"크흠……."

거래처 사장도 불편한 얼굴이 되기는 했지만, 노형진의 말이 맞다.

이 상황에서 의리를 지키겠답시고 같이 망할 수는 없으니까.

'그리고 거래처라는 게 쉽게 바꿀 수 있는 게 아니지.'

과연 이 거래처가 이번 일만 해결하고 다시 창선으로 돌아갈까? 그렇지 않다.

한번 문제가 생긴 기업으로 다시 돌아가는 건 쉽지 않은 결정이다.

더군다나 이 문제가 잠깐 가는 것도 아니고 최소한 몇 달은 갈 것이다.

그렇다면 그런 위험부담을 안고 계속 창선의 물건을 쓸 수는 없다.

"음……."

"그리고 소개해 드릴 분이 있습니다."

"소개해 드릴 분?"

"이쪽으로 오시죠."

이번에 앞으로 나온 남자는 고개를 푹 숙이면서 거래처 사장에게 인사했다.

"누구십니까?"

아까와 다르게 상당히 직급이 있어 보이는 남자.

그 모습에 다들 어리둥절해서 그를 바라보았다.

"복수재단의 대표입니다."

"복수재단?"

"그렇습니다. 저희는 사람들의 상생을 목적으로 금전적 지원을 해 주고 있는 단체입니다."

"그런데 어쩐 일로?"

"다름이 아니라, 대막이 저희 지원 대상이 되었습니다. 그래서 인사차 왔습니다."

"지원 대상이라고 한다면?"

"거래하시게 되면 앞으로 한 달간 저희 쪽에서 총거래 금액의 5퍼센트를 지원해 드리게 됩니다."

"5퍼센트라니요? 그러니까 대금의 5퍼센트를 그쪽에서 책임져 주신다는 겁니까?"

"그렇습니다."

사장의 눈이 초롱초롱 빛나기 시작했다.

그리고 창선 직원의 얼굴은 사색이 되었다.

⚖️

쾅!

다른 것도 아니고 거래처를 빼앗겼다.

단순히 1~2억 손해 보는 게 아니라 거래처를 빼앗겼다는 것은 엄청난 손실이다.

일단 그렇게 떠나간 거래처를 다시 찾아오기 위해서는 대막과 싸워서 이겨야 한다.

당연히 그 과정에서 자신들이 어느 정도 출혈을 감수해야 한다.

즉, 장기적으로 저들에게 유리한 조건을 제시하지 않으면 안 된다는 소리다.

그리고 그것은 장기적으로 그곳에서 나오는 수익이 떨어진다는 사실을 뜻했다.

"이런 씨팔…… 이렇게까지 할 줄이야……."

더군다나 자신은 이 시장에서 절대적인 갑이 아니다.

절대적인 갑이라면 저들이 저항하지 못하게 꽉 쥐고 흔들수 있겠지만, 자신들이 규모가 큰 것은 사실이나 그렇다고 해서 대체할 수 있는 다른 기업이 없는 것도 아니다.

사실 장비나 시설 면에서는 신생 기업이 훨씬 유리하다.

자신들은 그저 기존에 거래하고 있었다는 면에서 유리한 점을 가지고 있을 뿐이었다.

"당장 풀라고 해! 소송해서라도 풀라고 하라고!"

"사장님, 그러면 안 됩니다. 변호사가 절대 안 된다고 합니다."

"뭐? 왜? 미친 거 아냐? 우리 물건을 저 새끼들이 묶어 두고 있는데 왜 풀면 안 된다는 거야! 더군다나 지난번에 자금만큼 우리 원자재를 묶었다고 했잖아! 어? 그런데 저 새끼들은 도대체 어떻게 묶은 거냐고!"

"그게…… 그동안 산재를 당한 사람들을 모아서 소송을 걸었습니다."

"뭐?"

"이번에 묶은 것은 그들의 배상금입니다."

"이런 미친……."

상무는 이를 박박 가는 사장을 보면서 한숨을 쉬었다.

일이 이 지경이 된 이상 자신의 미래는 없다는 걸 알아챈 것이다.

"사장님, 저들은 다른 거래처도 끊어 낼 모양입니다."

"뭐?"

"이번에 소송을 건 사람이 한두 명이 아닙니다."

"씨발! 그런데 왜 남의 회사 앞에서 압류질이냐고!"

압류를 하려면 자신의 회사에서 해야 정상이다.

그런데 노형진은 남의 회사에 배달이 가면 기다렸다는 듯이 그 회사 앞에서 압류하고 있다.

"그게 더 충격이 크다고 하더군요."

"뭐라고?"

"눈앞에서 압류하는 걸 본 후에 경쟁사에서 접근하면, 마음이 다급한 나머지 거래처는 그쪽과 손을 잡을 수밖에 없습니다. 물건이 당장 안 들어오는데 어떻게 하겠습니까?"

"끄응……."

사실 여기서 압류하면 이쪽에서는 나중에 보내도 되는 물건을 보내면 그만이다.

물론 손해야 있겠지만 거래처는 빼앗기지 않는다.

"하지만 눈앞에서 털려 버리면 우리 믿음이 박살이 나는 겁니다."

노형진은 그 점을 노리고 굳이 거래처 앞에서 압류를 거는 것이다.

회사에서 대체 물량을 보내 줄 틈도 없거니와 그걸 알고 대처하려고 할 때쯤이면 이미 거래처가 다른 경쟁 업체와 거래를 트고 난 후일 테니까.

"이런 식이면 우리는 거래처를 다 빼앗깁니다."

"씨팔."

고작 개돼지 하나 죽었을 뿐이다. 그래서 언제나처럼 돈을 주지 않으려고 했을 뿐이다.

언제나처럼 그랬을 뿐인데 그 결과 지금 자신에게 닥쳐온 일이, 사장은 이해가 가지 않았다.

"방법이 없습니다. 우리가 숙이고 들어가야 합니다."

"버틸 수가……."

물론 버티려고 하면 버틸 수도 있다.

하지만 상대방은 돈을 들고나왔다.

한 달이라고 하지만 5퍼센트는 적은 돈이 아니다.

이처럼 본격적으로 돈지랄을 하기 시작한다는 것은, 자신들이 버틸 수 있는 한계까지 싸워 보겠다는 뜻이다.

만약의 경우 마이더스가 진짜로 끼어들면 자신들은 할 수 있는 게 없다.

막말로 마이스터쯤 되면 자신들의 원자재 수입 라인을 틀어막을 수 있다.

복수재단이라는 곳도 문제다.

말로는 상생 운운하지만 결국 마음에 안 드는 곳을 말려 죽이는 데 도가 튼 곳이라는 소문이 파다하다.

흥하게 만드는 건 어렵다.

하지만 망하게 만드는 건 더욱 어렵다.

"하지만……."

자신의 자존심을 어떻게든 지키고 싶었던 사장은 사과하자는 말을 애써 속으로 삼키려 했다.

하지만 다른 직원이 들어와서 한 말에, 결국 할 수밖에 없었다.

"사장님! 큰일 났습니다!"

"또 뭔데?"

"인터넷에 우리와 거래하는 회사들의 이름과 전화번호가 공개되었답니다. 살인자 회사와 거래한다고 욕을 잔뜩 먹고 있다며, 거래를 끊겠다고 계속 전화가 오고 있습니다."

"뭐라고?"

"언론에 살인 기업이라는 이름으로 특종이 나갔습니다."

"끄윽."

차라리 거대 기업이면 기자들도 건드리지 못할 것이다. 하지만 그의 기업은 애매하게 크다.

이 정도 되는 기업을 건드리면 떨어지는 떡고물이 많다는 것을 기자들은 당연히 안다. 기업에서도 수습해야 하니까.

게다가 이런 사건이 터지면 그 수습에 최소한 100억대 이상의 돈이 들어간다.

또한 거래처를 잃어버리고 원자재를 또다시 압류당하는 것을 생각하면……

"당장 전화해."

"네?"

"당장 전화하라고. 사과하겠다고, 제대로 배상한다고 말이야."

사장은 머리를 부여잡고 신음하면서 말했다.

⚖

"결국 이렇게 되는 건가?"

회사는 어쩔 수 없이 합의를 청해 왔다.

그것도 과거에 그들이 제시했던 금액의 두 배가 넘는 금액을 제시하면서.

상황이 다급하니 어쩔 수가 없었던 것이다.

"기업은 기다리는 걸로는 피가 안 말라. 하지만 손해를 보기 시작하면 주주들의 피가 마르지."

이미 주주들은 수십억대 피해 사실을 알고 거품을 물고 따지고 있다.

회사 입장에서는 뭐라고 대꾸할 수도 없는 사실이고.

"우리는 딱 그들이 했던 것을 반대로 돌려준 것뿐이야."

저들은 유가족의 피를 말리면서 자신들에게 시간을 유리하게 쓰려고 했다.

그리고 노형진은 그들이 하던 대로 돌려줬을 뿐이다.

"이제는 저런 짓을 그만둘까?"

"그만둘 리 없지. 기업이 한 번에 고쳐진다고 하면 얼마나 좋겠어?"

저들은 이미 몇 번이나 산재를 일으켰다. 그럼에도 불구하고 사고는 계속 일어난다.

"지금이야 고개를 숙이지. 하지만 우리가 이 사건에서 손 떼는 순간 똑같은 짓을 할걸."

"그러면 어떻게 해?"

"간단해. 무기는 휘두르라고 있는 거야."

노형진은 씩 웃으며 말했다.

"지금까지야 안 휘둘렀지만."

"안 휘둘렀다고? 그럼 지금까지 그 사람들이 당한 건 뭐야?"

"뭐긴, 그냥 맛보기 수준이지. 창선이 지금 망하면 우리 의뢰인들이 돈을 못 받잖아? 하지만 이제는 아니지."

돈을 받았으니 더 이상 볼일은 없다.

창선이 망한다고 해서 세상이 망하는 것도 아니다.

공장은 다른 사람에게 넘어갈 테고, 나라는 정상적으로 돌아간다.

"그리고 이제 난 무기를 휘둘러야지."

노형진은 전화기를 들었다.

"로버트 씨? 접니다. 네, 전에 말씀드린 거 이제 실행하셔도 됩니다."

그렇게 말하고 전화를 끊은 노형진은 차갑게 말했다.

"개싸움이 끝나면 싸움에서 진 개는 원래 잡아먹는 법이니까."

끼리끼리 뭉치는 법

"강간 사건요?"

"그래."

김성식은 약간은 곤란한 표정으로 말했다.

"아무래도 자네 도움이 필요할 것 같아."

"네? 김 변호사님이요? 김 변호사님 정도면 어지간한 건 다 해결할 수 있지 않습니까?"

딱히 전관의 힘을 쓰지 않아도, 그 존재 자체로 상당한 힘으로 작용하는 것이 바로 중수부장 출신인 그다.

그런데 그런 그가 해결하지 못한다는 것은 어불성설이다.

"그렇다면 진짜 강간 사건이라는 건데……."

"차라리 그런 거면 내가 이러겠나."

"그렇지요."

김성식이 바보도 아니고, 진짜 강간 사건을 해결하자고 노형진을 끼워 넣을 리 없다.

도리어 그런 사건을 해결하고자 한다면 자신이 직접 하는 게 더 나을 것이다.

"강간 사건이기는 한데 말이지, 이상한 점이 한두 개가 아니야. 그런데 또 증인은 많단 말이지."

"증인이 많다면 끝난 거 아닙니까?"

강간 사건은 증거를 모으기가 상당히 힘든 것이 사실이다.

그래서 기본적으로 증인을 기준으로 조사가 진행되며, 증인이 많으면 당연히 범죄가 인정된다.

"그래서 곤란하다는 거야. 남자 쪽은 억울하다고 이야기하고 있고."

"흠⋯⋯."

노형진은 머리를 긁었다.

"그거 단순히 범인이 억울하다고 하는 거 아니에요? 이런 말씀 드리긴 그렇지만, 강간범들이야 일단 억울하다고 지르는 게 보통이잖아요?"

"그건 그런데 말이지, 내 오랜 검사로서의 촉이 그건 아니라고 말해 주고 있단 말이지."

"사건 자체가 이상하다는 거군요."

김성식은 고개를 끄덕거렸다.

그의 최종 직위가 중수부장인 것뿐이지 그가 다른 사건은 아예 해 보지 않은 것은 아니었다.

즉, 그도 검사로서 적잖은 경험을 가지고 있다는 소리다.

"일단 사건을 한번 보죠."

"이야기는 안 들어 보고?"

"예단이라는 것은 조심해야 하는 것이니까요."

노형진은 아무래도 자신이 사건을 봐야 한다고 생각했다.

하지만 변호하는 입장인 김성식의 말을 들으면 당연히 그쪽으로 생각이 흘러갈 수밖에 없기 때문에 그는 아무런 이야기도 듣지 않고 사건 자료를 살피기 시작했다.

'홍대에서 벌어진 강간 사건이군. 전 남자 친구가 전 여자 친구를 강간한 사건이라…… 흔하기는 흔한데, 사건 장소는…… 술을 먹이고 모텔로 유인해 강간이라…….'

너무 흔해서 이상할 게 없다.

'증인은 세 명이나 되는군. 술을 마시던 술집에서 한 명, 모텔로 데려가는 장면을 본 사람이 한 명에, 도망치듯 나오는 남자를 본 것이 한 명이라…….'

조용히 자료를 살피던 노형진은 문득 고개를 갸웃했다.

'뭐지?'

뭔가 걸린다.

증인도 있는, 확실한 사건이다.

다만 강간 이후에 시간이 지나서 현장을 검증하지 못했다는 것이 문제지만…….

'뭔가 이상한데.'

노형진은 머리를 북북 긁었다.

상당히 단순하고 흔한 사건인데 뭔가 어색한 게 계속 마음
에 걸려서 그냥 넘길 수가 없었다.

"어떤가?"

"상당히 평이한 사건이기는 한데……."

"그런데?"

"너무 평이한데요?"

노형진은 머리를 긁으며 말했다.

"특색이 없어요, 특색이."

모든 사건은 다 자기만의 특징을 가지기 마련이다.

그런데 이 사건에는 그런 게 없었다.

그저 너무 무난하고 평탄하며 흔하게 벌어질 수 있는 사건
이었다.

"이런 사건도 없는 게 아니긴 한데, 왠지 어색한데요?"

"그렇지?"

재판할 때 가장 많이 사용되는 말 중의 하나가 '케이스 바
이 케이스'다.

각 사건은 그 사건 자체로 존재하며, 다른 사건과 절대 같
을 수가 없다.

이 말이 존재하는 이유가, 바로 각 사건이 가진 특징 때문

이다.

노형진이 새론에서 시스템화시켰다고 하지만 그건 어디까지나 평균적인 구조를 기준으로 만든 것이지, 그 후에 각 변호사들은 케이스에 맞는 자기만의 경험을 녹여 내야 한다.

"그런데 이 사건에는 그런 게 없네요."

특징이라고는 전혀 보이지 않는 모습.

"평균적인 모습이기는 한데요."

문제는 사람들이 '평균'이라고 말하는 것이 가장 맞추기 힘든 조건이라는 것이다.

"그런데 고작 이걸 가지고 사건이 이상하다는 건 아니실 테고……. 제가 모르는 게 있나요?"

사건은 봤으니 이제 변론을 맡긴 당사자의 의견을 들어 봐야 한다.

물론 그는 구속 수감된 상황이니 그의 말은 김성식이 전해 줘야 하지만.

"헤어진 커플이기는 하지만 이별을 고한 건 여자가 아니라 남자야."

"네?"

"남자 쪽에서 이별을 고한 거라고."

"남자 쪽에서요?"

"그래."

"이상하네요."

노형진은 머리를 북북 긁었다.

그럴 수밖에 없는 게, 언론이나 인터넷에서는 흔하게 헤어진 커플 어쩌고 하면서 강간 사건을 이야기하지만 남자가 이별을 고한 것과 여자가 이별을 고한 것은 전혀 다른 방향으로 흐르기 마련이기 때문이다.

"확실한 건가요?"

"그래, 그건 확실한 것 같아."

"그러면 강간의 가능성이 확 낮아지는데요?"

"그러니까 이상하다고 하는 걸세."

기본적으로 헤어진 커플 사이에서 벌어지는 강간은 일방의 집착에서 시작된다.

특히 여자가 남자를 차 버리는 경우, 집착을 버리지 못한 남자가 결국 강간을 벌이는 사건은 흔하게 벌어지는 일이다.

"하지만 남자가 여자를 찬 후에 다시 강간하는 경우는 드물잖아요?"

"그러니까 이상하다고 하는 걸세."

여자는 힘으로 남자를 찍어 눌러서 강간할 방법이 없다.

그러니 당연히 여자가 차였을 때는 강간 사건이 벌어질 확률이 거의 없다.

"물론 남자가 나중에 변심하기도 하지만……."

"하지만 그 경우 대부분 포기하지 강간까지 이어지는 것은 아니지 않나?"

"그러니까요."

자기가 찼다가 마음이 변해서 매달릴 수도 있다.

하지만 그 경우 여자가 거절하면 대부분 포기하지, 강간이라는 극단적인 결과로 치닫지는 않는다.

"그리고 의뢰인을 보니 돌아선 것 같지도 않고."

"돌아선 것 같지도 않다고요?"

"그래, 돌아섰다면 뻔한 이야기를 하지 않나?"

자기는 여전히 그녀를 사랑한다, 이건 오해라고 한 번만 만나서 이야기하면 오해는 풀린다.

그런 것이 이런 경우 강간범이 하는 말이다.

"그런데 그런 말은 전혀 하지 않더군."

"전혀요?"

"그래, 분노만 보여."

"자기를 받아 주지 않은 것에 대한 분노인가요?"

"아니. 그런 거라면 이해라도 하지."

자신에게 거짓말한 것에 대한 분노, 그리고 자신을 함정에 빠트린 것에 대한 분노.

그런 분노를 보여 주고 있다는 것이다.

"자기를 받아 주지 않는 것에 대한 분노가 아니구요?"

"자기가 미쳤다고 그년을 받아 줘야 하냐고 따지던데?"

"흠……."

노형진은 머리를 북북 긁었다.

그의 행동은 과거 연인 사이였던 사람들 사이에서 벌어진 강간 사건 범인들의 그것과는 여러모로 거리가 있었다.

"확실히 이상하군요."

"그래서 자네에게 도움을 요청한 거야."

"음…… 그러면 피해자 쪽은 어떤가요? 혹시 함정을 판 거 아닙니까?"

남자들이 차이고 난 후에 강간으로 복수하려고 한다면, 여자들은 다른 방식으로 함정을 파서 복수하려고 한다.

그리고 실제로 과거의 남자 친구를 강간범이라고 무고해서 고소하는 옛 여친들이라는 존재가 없는 것도 아니고.

이쪽 카드가 없으면 저쪽 카드만 남아야 정상이다.

"그게 문제인데……."

"문제?"

"전혀 접점이 없어."

"네?"

"피해자 측에서 고소할 때 증인으로 나선 사람들 말이야, 전혀 접점이 없어."

"끄응……."

여자가 함정을 파서 남자를 파멸시키기 위해 접근하는 경우, 당연히 주변에서 믿을 만한 사람들의 도움을 받는다.

그래서 증인들이 너무 친밀한 경우, 도리어 그걸 반박하기도 쉽다.

"하지만 전혀 접점이 없다는 거군요."

"그래."

그렇다면 문제가 된다.

전혀 관련이 없는 제삼자가 아무 이유도 없이 남자를 공격할 이유는 없기 때문이다.

당연히 경찰이나 법원에서도 그들의 신빙성에 힘이 실리기 마련이다.

"곤혹스러운 상황이군요."

뭔가 이상하기는 한데 뭐가 이상한지는 모르겠다.

거기에다 증인들은 접점도 없다.

그러니 경찰은 그들의 증언을 진지하게 받아들였을 테고 말이다.

"자네가 좀 도와줄 수 있겠나?"

노형진은 고개를 끄덕거렸다.

"왠지 뒤가 재미있을 듯한 사건이군요."

⚖️

노형진은 사건을 담당하게 되자마자 가장 먼저 구치소로 향했다.

일단 당사자의 의견을 들어 보기 위해였다.

졸지에 영어의 몸이 된 의뢰인 소진성은 가슴이 답답한 듯

한숨만 푹푹 쉬었다.

"그러니까 그날 만난 건 사실이라는 거죠?"

"그렇죠. 하지만 절대로 강간은 하지 않았습니다."

"일단은 그날 있었던 일을 차근차근 시간 순서대로 말씀해 보시겠습니까?"

"딱히 이상할 것도 없는 날이었죠. 아니, 내가 순간 마음이 약해진 것 빼고는."

자신이 헤어지자고 난 후에도 전 여자 친구였던 진세영은 계속 연락하면서 매달렸다고 한다.

그동안은 계속해서 거절했는데 그날 갑자기 마음이 약해져서 만나러 나갔다가 그런 일을 당했다는 것.

"술을 마시면서 이런저런 이야기를 했지요. 사실 나가기는 했지만 다시 시작할 마음은 없었어요. 그래서 충분히 설명했고요."

"그리고요?"

"의외로 제 말을 잘 알아듣더군요. 다만 술은 좀 많이 마셨습니다만……."

"그 후에는요?"

"완전히 고주망태가 되어서 그대로 두고 갈 수도 없고 해서 모텔에 데려다주고 문까지 잠그고 난 후에 그곳을 나왔습니다."

"그 이후에는요?"

"그냥 집에 와서 잤죠."

그리고 아무 일 없이 출근했는데, 두 달쯤 지난 후에 갑자기 경찰이 다짜고짜 그를 구속했다는 것.

"두 달이라……."

노형진은 한숨을 푹 쉬었다.

"증거가 없겠네요."

"없다고요?"

"네."

일반적으로 모텔같이 CCTV를 촬영하는 곳에서 촬영한 영상을 보관하는 기간은 평균 한 달, 길어야 두 달이다.

그럴 수밖에 없는 게, 카메라는 스물네 시간 돌아가는데 자료를 죄다 따로 보관할 수는 없으니 특별한 사유가 없다면 오래된 파일은 지우고 거기에 덧씌우는 것이 보통이기 때문이다.

물론 보안이 중요한 곳에서는 계속 따로 보관하겠지만 모텔 같은 곳에서 굳이 그렇게 할 리 없다.

"그러면 증거도 없이 고발했단 말이잖아요?"

"그게요. 강간의 경우 피해자의 증언에 무게가 많이 쏠려서요."

그래서 두 달이 지나도 세 달이 지나도 증언이 확실하다면 강간죄로 처벌하는 것은 어렵지 않은 일이다.

"아니, 증거도 없이 그런다는 게 말이나 됩니까! 경찰은 뭐 해요! 내가 억울하다고 하면 당연히 증거를 찾아 줘야 하는 거 아닙니까?"

"이런 경우는 경찰도 증거가 마땅치 않으니까 결국 증언 위주로 돌아가거든요."

그리고 이 사건은 증언해 줄 증인들이 너무나 많다.

당연히 경찰은 쉽게 쉽게 증언을 따라갈 것이다.

증인이 있는데 증언을 반박하는 것은 쉬운 일이 아니니까.

'그러니 우리 변호사가 있는 거지만.'

노형진이 이 상황을 생각하면서 머리를 긁적이자 소진성은 머리를 부여잡았다.

"망할…… 그놈의 술이 이 사달을 일으킬 줄이야."

"강간하지 않으셨다면서요?"

술을 먹고 강간했을 때에나 나올 법한 변명에 노형진은 고개를 갸웃했다.

"저 말고 세영이 말입니다. 제가 왜 그 애랑 헤어졌는데요. 그 애, 완전히 말술이에요, 말술."

"말술?"

"네, 제가 따라갈 수가 없어요. 애초에 전 술을 마시지도 못하고요."

"네?"

노형진은 고개를 번쩍 들었다.

"그 말이 사실인가요?"

"제가 왜 거짓말을 합니까? 당장 억울해 죽겠는데."

"술을 별로 안 좋아하시나 보군요."

"안 좋아하는 게 아니라 아예 못 마신다니까요."

"그래요?"

노형진은 눈을 반짝거렸다.

"일단 추적은 못 하겠지만…… 반격은 할 수 있을지도 모르겠군요."

그리고 그게 진실을 알리는 시발점이 될 것이라는 것을 노형진은 알 수 있었다.

⚖️

"개정하겠습니다."

재판이 시작되자 검사는 소진성을 격렬하게 공격했다.

"재판장님, 피고인은 28세가 된 자로서, 전 여자 친구에게 술을 먹이고 난 후 강간하였습니다. 그는 과거의 여자 친구를 불러내어서 술을 먹이고 그 후에 모텔로 유인하여 성관계를 강제로 맺었습니다."

검사는 소진성을 고발하기 위해 모든 증거를 준비한 상태였다.

사실 증거라고 해 봐야 별거 없었다.

바로 소진성이 결제한 카드 내역.

CCTV와 다르게 그건 몇 년이고 기록이 남아 있다. 그리고 그 남아 있는 기록은 명백한 증거가 된다.

"보다시피 피고인은 그날 모텔을 자신의 카드로 결제하고 난 후에 강간하고 도주했습니다."

그는 그렇게 말하면서 배심원들을 바라보았다.

'배심원이라니, 귀찮군.'

배심원 제도가 생기면서 검사는 귀찮다는 생각을 했다.

전과 다르게 설득해야 하는 사람들이 늘어났기 때문이다.

'하지만 이번에야 뭐, 별일 있겠어?'

증인도 확실하고, 사람들이 제일 싫어하는 강간이다.

안 그래도 요즘 여성계에서 들고일어나서 성범죄자들에 대한 처벌을 강화하라는 이야기가 나오고 있는 만큼 소진성이 강한 처벌을 받는 것은 부정할 수 없는 미래다.

"이상으로 공소사실을 마칩니다."

검사가 공소를 제기하고 나자 노형진은 바로 앞으로 나갔다.

"재판장님, 증인을 요청합니다."

"증인요?"

"네."

노형진의 말에 검사와 판사는 어리둥절한 얼굴이 되었다.

보통 증인은 어느 정도 공방을 주고받고 나서 부르는 것이 일반적인 과정이다. 그런데 시작과 동시에 증인을 부르다니?

"증인으로 누구를 요청할 겁니까? 갑자기 이야기하는 거라면 인정 못 합니다."

판사는 준엄하게 말했다.

"저희가 따로 증인을 요청하는 게 아닙니다. 기존에 있던 증인을 요청하는 겁니다. 백화양 양을 증인으로 요청합니다."

"백화양 양을요?"

"네."

그건 문제가 안 된다. 백화양은 이미 검찰 측 증인으로 법정에 나와 있기 때문이다.

다만 부를 시기만 기다리고 있을 뿐.

'뭐지?'

검사는 노형진이 백화양을 부르자 왠지 불안감이 엄습했다.

그녀는 자기 측 증인이니 피고인 측 증인으로 나온다고 해서 소진성이 유리해질 것은 없다.

그런데 시작과 동시에 부르다니?

"증인, 앞으로 나와서 선서하세요."

백화양은 갑작스럽게 자신을 부르자 약간 당혹한 듯한 얼굴이었지만 별일 있겠냐고 생각한 건지 별말 없이 나와서 선서했다.

"증인, 증인은 피고인인 소진성 씨가 피해자 진세영 씨를 술을 먹여서 끌고 가는 것을 봤다고 했습니다. 그렇지요?"

"네."

"그러면 그때 상황을 다시 한 번 자세하게 설명해 주실 수 있을까요?"

백화양은 당황스러운 얼굴로 검사를 바라보았다.

그건 검사가 하려고 했던 질문이었기 때문이다.

'이거 뭐 하자는 짓거리야?'

검사는 노형진의 질문에 약간 당황했다.

원래대로라면 자신이 그녀에게 이 질문을 던져서, 그 후에 그 상황을 전해 들은 판사와 배심원들이 분노해서 실형을 때리는 것이 계획이었다.

그런데 검사가 아니라 변호사, 그것도 피고인 측 변호사가 그런 질문을 하다니.

"지금요?"

"곤란한가요? 전에 말한 것에 따르면 상당히 자세하게 기억하던데. 아니면 말하지 못하는 다른 이유가 있습니까?"

검사는 코웃음을 쳤다.

'네가 노리는 게 고작 그거였냐?'

증인이 다른 말을 한다면 그 증언은 효과를 발휘하기 힘들다.

그러니 당혹감을 줘서 제대로 기억하지 못하게 하려는 모양이라고 생각한 것이다.

"아니요. 가능한데요."

"그러면 한번 말씀해 보세요."

"그날, 술을 마시러 간 날이었어요."

술을 마시러 대포집을 갔다.

그리고 고기를 먹으면서 술을 한잔하고 있는데, 옆에 있는 남자가 계속해서 여자에게 술을 과도하게 먹이고 있는 것을 보았다는 것이다.

그러다가 너무 많이 마셔서 여자가 고주망태가 되어 꼼짝도 못 하자 그는 자연스럽게 계산하고 여자를 데리고 그 고 깃집을 나갔다고 그녀는 천연덕스럽게 말했다.

"그 식당 이름이 '마구마구 삼겹살' 맞습니까?"

"네."

"그러면 이 사진에 나오는 곳이 그 현장 맞나요?"

노형진은 미리 준비한 사진을 증인석에 있는 백화양에게 보여 줬다.

그걸 본 백화양은 고개를 끄덕거렸다.

"네, 맞습니다."

혹시나 엉뚱한 곳을 들이밀면서 이곳 아니냐고 할까 봐 백화양은 사진을 자세하게 살폈다.

그리고 그곳이 자신이 갔던 곳이 맞다는 사실을 인정했다.

"그러면 그곳에 계셨던 위치를 표시해 주시습니까?"

"네."

그녀는 펜을 들어서 자신이 있던 자리와 소진성이 있던 자리를 표시했다.

소진성이 있던 자리는 누가 봐도 가운데였고, 그들을 보기 위해서는 좀 떨어진 자리가 필요했다.

"이곳에 갔다 이거군요."

"네."

고개를 끄덕거리는 백화양.

노형진은 그걸 물끄러미 바라보았다.

별로 이상하지 않은 구도다. 아직까지는 말이다.

"그러면 술을 많이 마셨나요?"

"많이 마시더군요."

"얼마나요?"

"둘이서 대략 소주 여섯 병? 일곱 병? 그 정도?"

"와우, 엄청난 양이군요."

노형진은 휘파람을 불었다.

그 정도면 적지 않은 양이다.

"그러면, 누가 더 많이 먹었나요?"

"당연히 여자가 더 많이 먹었지요. 남자는 계속 여자에게 먹이려고 하더라구요."

"대략 어느 정도?"

"남자는 두 병에서 세 병 정도 먹은 것 같구요, 나머지는 여자가 먹었어요."

"그러면 여자한테 두 배나 되는 양을 먹인 거네요?"

"네."

검사가 할 만한 질문을 변호사가 계속하자 백화양은 불안감이 스멀스멀 치밀어 올랐다.

예상했던 질문이다. 그런데 질문자가 바뀌었다는 것만으로 이렇게 긴장될 거라고는 생각도 못 했다.

"재판장님, 보다시피 피고인은 피해자에게 자신이 먹은 술의 두 배 이상을 먹여서 심신상실의 상태로 만들었다고 합니다."

"음······ 피고인 측 변호인, 이 질문들은 검찰 측 질문인 것 같은데요?"

오죽하면 판사조차 확인 차원에서 물어보기까지 했다.

하지만 노형진은 매우 태연한 표정이었다.

"압니다, 재판장님. 그러면 전 여기서 다른 증거를 제출하고자 합니다."

"다른 증거?"

"네, 병원의 의료 기록 진단서입니다."

"진세영 씨의 기록인가요? 하지만 강간 이후에 시간이 오래 지나서 진단서는 없다고 들었습니다만?"

판사는 고개를 갸웃하면서 물었다.

바로 신고하면 좋겠지만 상당수 여성들이 강간 이후에 정신을 차리지 못하고 나중에 신고한다. 그래서 강간은 증언 위주로 돌아가는 것이다.

"아닙니다. 소진성 씨에 관한 기록입니다."

"피고인요? 피고인이 무력을 이용해서 강간했다는 기록은 없습니다만."

"무력의 문제가 아닙니다. 술에 관한 문제입니다."

"술?"

"그렇습니다. 재판장님, 그리고 친애하는 배심원 여러분. 이 진단서를 봐 주시기 바랍니다."

노형진은 세 장으로 이루어진 서류를 재판부와 배심원들에게 내밀었다.

"이 서류는 종합병원에서 검사한 서류입니다. 만일 신빙성에 의심이 가신다면 지정된 병원에서 다시 검사해도 됩니다."

"이게 무슨 진단서인가요? 이번 사건에 폭행은 없었는데요."

"아까도 말씀드렸다시피 상해가 아니라 술에 관한 문제입니다. 여러분들은 아세트알데히드라고 아십니까?"

"아세트알데히드?"

낯선 전문용어에 다들 어리둥절한 표정이 되었다.

"아세트알데히드는 사람의 몸에 알코올, 정확하게는 에탄올이 들어가면 생기는 화학물질입니다."

아세트알데히드는 상당한 독성을 가진 물질이다.

그래서 사람의 몸속에 쌓이면 정신을 몽롱하게 만들거나 속을 뒤집거나 구토과 어지럼증을 일으키며 두통을 유발한다.

"이게 왜 중요한 거죠?"

배심원의 말에 노형진은 웃으며 말했다.

"사람들이 술에 강하거나 약한 것을 판별하는 기준은 아세트알데히드에 얼마나 저항을 잘하느냐에 따른다는 점을 말씀드리고 싶은 겁니다. 그걸 분해하는 효소가 유전적으로 많이 나온다면 그 사람은 자연스럽게 술에 강해지고, 그게 유전적으로 약하다면 자연스럽게 술에 약해진다는 거죠."

"그런데요?"

"그런데 피고인 소진성의 경우는 이번 사건에서, 술을 함께 마신 후 인사불성이 된 진세영을 데리고 가 강간한 것으로 되어 있습니다. 그렇지요?"

배심원들은 고개를 끄덕거렸다.

노형진은 그들과 판사에게 준 서류의 한쪽을 콕 집어서 보여 줬다.

"하지만 보다시피 병원의 검사 결과에 따르면 피고인 소진성 씨는 체내에 아세트알데히드의 분해 효소가 거의 없습니다. 즉, 술을 마시는 데 상당한 제약을 가진 사람이라는 거지요. 그런데 증인은 소진성이 대략 소주 두 병에서 세 병 정도를 마셨다고 했지요. 안 그런가요?"

백화양은 당황한 얼굴이 되었다.

"재판장님, 그리고 친애하는 배심원 여러분. 여기서 말도 안 되는 일이 벌어집니다. 의사의 진단과 소견에 따르면 피고인 소진성이 먹을 수 있는 소주의 양은 많아 봐야 소주 반 병 정도입니다. 그 이상은 몸에서 받아들이지 못하지요. 아까도 말씀드렸다시피 아세트알데히드는 술을 먹으면 몸안에서 생성되는 일종의 독극물입니다. 그걸 분해하는 효소가 부족한 사람이 술을 먹는다는 것은 사실상 독극물을 마시는 것이나 마찬가지라는 소리지요."

"으음……."

"그리고 이 부분을 확인하여 주시기 바랍니다. 의사의 소견에 따르면 이 정도의 분해 효소를 가진 사람이 소주를 두 병 이상 먹는다면 거동이 불가능하게 될 정도가 되는 건 당연하고 자칫 잘못하면 사실상 독극물을 마시는 수준이며, 세 병 이상은 치사량이라고 합니다."

노형진은 백화양을 보면서 차갑게 말했다.

'설마 이런 점은 생각하지 못했겠지.'

백화양은 전혀 생각지도 못한 말에 댕황해서 주변을 둘러봤다.

하지만 그런다고 해서 상황이 바뀌는 것은 아니었다.

소진성은 사실상 술을 즐기는 것이 불가능한 사람이다. 그런데 소주를 두세 병씩 먹어 가면서 전 여자 친구에게 술을 먹여서 강간한다?

'애초에 그게 가능했으면 헤어지지도 않았다.'

헤어진 이유 중 하나가, 술이라면 환장하는 전 여자 친구의 주사 때문이라고 했다.

그런데 그런 그가 자기를 기준으로 봤을 때 치사량의 술을 먹어 가면서 여자를 강간하려고 한다?

그 정도면 혼자서 일어나는 것도 불가능한데?

"그건…….'"

백화양은 노형진의 생각지도 못한 공격에 당황해서 입을 꾸욱 다물었다.

그리고 검사 역시 생각지도 못한 공격에 어안이 벙벙했다.

'뭐라고? 아세트알데히드?'

그건 자신이 검사 노릇을 하면서 단 한 번도 생각해 본 적이 없는 성분이었다.

그러니 이번 공격이 당황스러울 수밖에 없다.

설사 어떻게 술을 먹여 진세영을 인사불성으로 만드는 데에는 성공한다고 해도, 자기가 못 움직이는데 강간이 가능할리 없지 않은가?

"그건 단순 의견이 아닌가요?"

검사는 차마 모른다는 소리는 할 수가 없어서 그저 의사의 단순 의견으로 몰아붙였다.

"이건 의견이 아니라 과학입니다. 체내에 해당 분해 효소가 없는 사람이 그렇게 술을 마시고 관계를 맺는 것은 불가능합니다. 애초에 효소가 있는 사람도 술을 많이 마시면 성관계가 불가능한 경험을 해 봤을 것입니다. 그런데 그 분해 효소가 없는 사람이 치사량의 알코올을 섭취하고 멀쩡하게 모텔로 여성을 유인하여 강간하는 게 가능할까요?"

'큭.'

검사는 당황스러운 얼굴이 되어서 증인석에 있는 백화양을 바라보았다.

그러자 백화양은 당황한 나머지 큰 실수를 했다.

"제가 잘못 봤나 봐요, 호호호호. 남자는 술을 거의 안 마셨어요, 호호호."

웃음으로 때우며 변명 아닌 변명을 하는 그녀였지만, 그 말을 듣고 있던 검사의 얼굴은 사정없이 일그러졌다.

'저런 미친년을 봤나.'

증언을 바꾼다는 것.

그건 단순히 말을 바꾸는 개념이 아니다.

사건 자체의 관점을 바꾸는 것일 뿐 아니라, 배심원단에게 증인의 신빙성에 의문을 가지게 만드는 행동이다

그걸 웃으면서 작은 실수라도 한 것처럼 말을 바꾸면 도리어 배심원들은 그녀를 더 믿지 않게 된다.

"확실합니까?"

"네, 맞아요. 확실해요. 여자한테 술을 먹이면서 자기는 거의 안 먹더라구요."

천연덕스럽게 말을 바꾼 백화양을, 노형진은 속으로 비웃었다.

'역시나 그렇군.'

만일 여기서 진짜 관련이 없는 사람이었다면 증언을 번복할 이유가 없다.

자신이 잘못 봤다는 걸 인정하면 그만이다.

그러나 그녀는 말을 번복했다.

그 말인즉슨, 이 사건에 뭔가 개입되어 있다는 것이다.

"뭐, 그럴 수도 있겠지요. 혼란스러운 와중에 다른 사람을 계속 지켜볼 수는 없을 테니까요."

"그럼요."

"물론 그런 것치고는 상당히 상황을 잘 기억하고 계시지만 말입니다."

백화양은 약간 움찔했다.

"그러면 질문을 바꿔 보죠."

이미 한번 실수했으니 이제 다른 실수를 이끌어 내면 된다.

이번 사건은 기본적으로 증인들의 증언으로 완성된 것이다. 다시 말해서, 증인들만 무너트리면 사건 자체가 무효화된다는 뜻이다.

"질문을 바꾸다니요?"

"말 그대로입니다. 개인적인 질문을 좀 드리지요. 마구마구 삼겹살은 전형적인 선술집 형태입니다. 테이블을 놓은 곳이 아니라 개조된 드럼통을 놓고 거기에 고기를 구워 먹는 집이지요. 당연히 좌석도 불편하고요."

노형진은 사람들에게 가게의 전경이 찍혀 있는 사진을 쭈욱 보여 줬다.

아까 전 노형진이 백화양에게 가게가 맞는지 확인시킨 것은, 뭔가 의심해서가 아니라 그곳이 아니라는 말이 나오는 것을 막기 위해서였다.

"그리고 저희는 지난 일주일간 한 시간 간격으로 오픈해서 닫을 때까지 사진을 촬영했습니다."

노형진이 다른 사진을 들이밀자 사람들은 고개를 갸웃했다.

흔하게 볼 수 있는 선술집의 모습이었다.

왁자지껄하게 떠들면서 퇴근 후의 피로를 고기 한 점과 소주 한 잔으로 위로받는 직장인들의 모습.

그리고 싼 가격에 소주와 고기를 먹을 수 있어서 찾아온 대학생들의 모습.

"이들의 공통점이 뭘까요?"

"공통점?"

"글쎄요. 공통점이 뭐지?"

노형진은 방청객과 배심원들에게 사진을 보여 주면서 물었다.

한두 장도 아니고 수십 장의 사진을 보면서 사람들은 고개를 갸웃했다.

공통점이라고 한다면 눈에 보이는 것일 텐데 그게 뭔지 알 수가 없었기 때문이다.

"전 딱 보입니다. 증인. 증인은 이 사진의 공통점이 뭐라고 생각합니까?"

"그…… 글쎄요?"

백화양 역시 사진을 받아 들었지만 노형진의 질문에 대답하지는 못했다.

아무리 봐도 공통점을 알아볼 수가 없었기 때문이다.

노형진은 그녀와 다른 사람들에게, 천천히 자신이 찾아낸 공통점을 말해 주었다.

"이 사진의 공통점은, 바로 혼자가 아니라는 겁니다."

"아!"

"그러네."

"다들 여러 명이네."

혼밥이 어쩌고저쩌고하지만 고깃집에 혼자 가서 고기를 먹는 것은 소위 말하는 혼밥 레벨 중에서도 최상위 레벨에 속한다.

일반적인 고깃집도 그런데 선술집처럼 되어 있는 이런 형태의 고깃집은 혼자 와서 먹기가 더 부담스럽다.

"지난 일주일간 고기를 먹으러 온 사람들은 여럿이었습니다. 그중 혼자서 온 사람은 단 한 명도 없었지요. 그러면 증인에게 묻겠습니다. 혼자 갔습니까?"

"그건······."

백화양은 순간 입을 꾸욱 다물었다.

혼자 갔다고 하자니 그것도 이상하다. 그렇다고 같이 갔다고 하자니, 그 사람이 누군지 이름을 요구할 것은 당연한 일이다.

"혼자 가서 먹었나요?"

저렇게 사람이 많이 가는 식당에 여자 혼자 가서 자리를 잡고 소주와 고기를 주문해 혼자 먹는다는 것은 힘든 일이다.

노형진은 그 점을 캐묻는 것이다.

"그건…… 그러니까……."

백화양은 지그시 아랫입술을 깨물었다.

그러고는 고개를 끄덕거렸다.

"네, 혼자 먹었어요."

"그렇군요."

자기가 혼자 가서 먹었다고 하는데 남들이 뭐라고 하겠는가?

"그러면 결제는 뭘로 했나요?"

"그거야…… 카…… 아니, 현금으로……."

처음에는 카드라고 하려다가 순간 아차 싶었는지 백화양은 잽싸게 말을 바꿨다.

당장 소진성이 강간했다는 가장 큰 증거가 본인이 고깃집에서 계산한 돈과 모텔에서 카드로 결제한 것이 아닌가?

"현금요?"

"네."

"그러니까 혼자 가서 고기와 술을 먹고 카드가 아닌 현금으로 계산하셨다 이거죠?"

"네."

노형진의 얼굴에 미소가 떠올랐다.

물론 정말로 현금 결제를 했다면 거기서 먹었는지 안 먹었는지 알 수는 없다. 그렇다고 해서 그녀가 믿을 만하다는 것은 아니지만.

"그러면 증인의 그날 카드 내역을 확인할 수 있을까요?"

"카드 내역요?"

"네. 어디서 썼는지 확인할 수 있을 텐데요?"

"그건……."

"아니면 보여 줄 수가 없는 건가요?"

이미 상대방은 의심받고 있다.

그 점을 공략하기 위해 노형진은 그녀의 카드 내역을 요구했다.

"그날 한 번도 카드를 안 썼나요? 단 한 번도? 아니, 최소한 버스만 타도 카드를 찍어야 할 텐데요? 그걸 제출하신다면 어디에 있었는지 확실하게 나올 텐데요. 아닌가요?"

노형진은 백화양을 가열차게 공격했다.

그러자 그걸 보고 있던 검찰은 다급하게 노형진의 말을 잘랐다.

"재판장님, 지금 변호인은 증인을 공격하고 있습니다."

"전 공격하고 있는 게 아닙니다. 증인의 신빙성이 확실하지 않은 지금, 그의 위치 확인이 제일 중요한 요소라고 생각합니다."

"증인이 신빙성이 없다니, 무슨 말을 그렇게 말합니까! 증거 있어요?"

"증거는 없지만 증언은 있지요. 마구마구 삼겹살집 주인의 증언에 따르면, 사건 당시 혼자 와서 고기를 먹고 간 여자는 없었다고 했습니다."

"허억!"

"뭐라고?"

이건 전혀 예상하지 못한 방향이었다.

설마 노형진이 그런 것까지 조사했을 줄이야.

'당연한 거 아니야?'

노형진이 한 질문은 백화양이 어쩔 수 없이 혼자라고 대꾸할 수밖에 없는 구조다. 그러니 그에 대해 알아 두는 것은 어려운 일이 아니다.

"이 사진을 보면 알 수 있다시피, 이곳에서 혼자 고기와 술을 먹는 사람은 거의 없습니다. 아무리 많이 잡아 봐야 한 달에 한 명 정도입니다. 당연히 주인은 그런 사람을 대략이나마 기억하고 있지요. 정확하게 얼굴은 모르지만 언제쯤 왔는지 이야기할 정도는 됩니다. 그리고 그 당시에는, 주인의 말에 따르면 실연당한 것으로 보이는 남자 대학생 말고 혼자 온 사람은 없었다고 했습니다."

"……."

증언과 증언이 부딪치면 그중 신빙성이 없는 증언은 무너질 수밖에 없다.

"그렇다면 둘 중 하나는 거짓말하고 있는 것이겠지요. 과연 그곳에서 몇 년째 장사하는 주인이 거짓말을 했을까요, 아니면 안 가도 그만인 손님이 거짓말을 했을까요?"

"판사님!"

다급하다고 생각한 검사는 판사를 바라보았다.

어떻게 해서든 노형진의 말을 잘라 주기를 원해서였다.

하지만 노형진의 공격에 판사 역시 의심으로 가득한 시선을 보내고 있었다.

'큭.'

"증인, 증인의 신빙성을 증명할 수 있는 다른 게 있나요?"

"재판장님, 그건 없습니다만, 상식적으로 생각해 보십시오. 증인은 고소인이나 피고인과는 아무런 관련이 없는 사람입니다. 도대체 왜 거짓말까지 해 가면서 고소인을 돕겠습니까?"

"흠……."

그것 역시 맞는 말이기 때문에 판사는 고민했다.

노형진은 그런 판사를 보면서 미소를 지었다.

"재판장님, 그러면 증인에게 한 가지 질문만 더 해도 되겠습니까?"

"하세요."

재판장은 선선히 고개를 끄덕거렸다.

아직 노형진이 증인에 대한 질문을 끝내겠다고 하지 않았으니 엄밀하게 말하면 그의 시간이 맞기 때문이다.

"증인."

"네."

백화양은 노형진이 입을 열자 침을 꿀꺽 삼켰다.

노형진이 질문을 하나씩 할 때마다 자신의 가면이 벗겨지는 느낌이었기 때문이다.

"증인, 그날 혼자 가서 고기와 술을 먹었다고 했지요?"

"네."

"그러면 어느 정도 먹었습니까?"

"네?"

"어느 정도 먹었느냔 말입니다. 대략적으로라도 기억이 안 나나요? 현금으로 계산했다면 알 텐데요."

"그건……."

"만 원 단위로 말해 줘도 됩니다."

노형진의 질문에 백화양은 머리를 열심히 굴렸다.

"한 3만 원 정도 먹은 것 같아요."

"그런가요?"

"네."

자신은 나름 합리적인 계산이라고 한 듯했다.

그러나 그녀는 몰랐을 것이다. 그 질문 자체가 함정이라는 것을.

"그러면 고기는 2인분을 시키신 거겠군요."

"네?"

"혼자서 3인분을 먹는 건 무리일 것 같은데요. 그렇게 대식가는 아니시죠?"

"그렇게 많이 먹지는 못해요."

도대체 어떻게 공격하려는 건지 몰라서 그녀는 똥줄이 바짝바짝 타는 느낌이었다.

"재판장님, 여기를 봐 주시기 바랍니다. 해당 업소의 가격입니다. 기본적으로 2인분 이상만 주문을 받도록 되어 있지요."

노형진은 지금까지 꺼내지 않았던 다른 사진을 꺼내 들었다.

"기본적으로 2인분 이상 주문하게 되어 있고 1인분당 가격은 8천 원입니다. 그러니까 처음 주문했다면 2인분 1만 6천 원이 되겠네요. 본인 스스로 3인분은 못 먹는다고 했으니까 결국 남은 돈은 1만 4천 원입니다. 그리고 이곳에서 소주 한 병의 가격은 4천 원입니다. 그러면 못해도 소주 세 병은 드셨다는 소리가 되는군요. 반올림했다고 해도 말입니다. 증인, 주량이 어떻게 되지요?"

"그건……."

"소주를 세 병이나 마시고 상황을 정확하게 기억한다는 게 이상하지 않나요? 증인의 주량이 어느 정도인지는 모르겠지만 그 정도 먹었다면, 저라면 제대로 기억도 못 할 것 같은데요?"

백화양은 아무런 말도 하지 못하고 입을 꾸욱 다물었다.

노형진의 말이 틀리지 않았기 때문이다.

"생각해 보니 3만 원이 아니라 2만 원 정도였던 것 같네요,

호호호."

"증인, 벌써 증언을 두 번 번복한 겁니다. 아시나요?"

"……."

절묘하게 증인으로서의 힘을 무너트리는 노형진.

백화양은 고개를 푹 숙일 수밖에 없었다.

"이상입니다."

노형진은 증인에 대한 질문을 그만하겠다고 물러났다.

그 시점에선 누구도 더 이상 백화양을 믿지 않고 있었다.

퍼거슨의 의문의 1승

"감사합니다. 감사합니다."

소진성은 진심으로 노형진에게 감사의 인사를 건넸다.

이건 도무지 답이 없다고 보이는 상황이었는데 그는 세 명의 증인 중 한 명을 무너트렸기 때문이다.

물론 그녀가 증언을 철회한 것은 아니다.

철회할 수가 없다. 그렇게 되면 위증이 되는 탓이다.

"감사의 인사는 나중에 받지요."

노형진은 턱을 문지르면서 고민했다.

"현재로서는 사건이 끝난 게 아니니까요. 그리고 아직 상대방에게 증인이 두 명이나 남아 있다는 걸 아셔야 합니다."

모텔로 들어가는 걸 봤다는 두 명.

그들이 있는 한 강간의 혐의는 벗을 수 없다.

"모텔에 간 거야 인정할 수 있습니다. 카드도 찍었는데요?"

"압니다만, 아 다르고 어 다른 게 법입니다. 술에 취해서 강제로 끌려간 것과 동의하에 간 것은 다르니까요."

"하지만 그때 인사불성이었는데……."

"그래서 문제인 겁니다."

누가 봐도 인사불성인 여자를 모텔로 끌고 간 것으로 보일 수밖에 없는 상황이다.

"더군다나 당신이 도망쳐 나오는 것을 본 증인도 있으니."

"그건 말도 안 돼요."

모텔에 들어갔다가 나오는 데에는 채 10분도 걸리지 않는다. 침대에 누여 주고 바로 나왔으니까.

더군다나 자신이 그녀를 만난 것을 뻔하게 기억하고 있을 텐데 자신이 왜 도망친단 말인가?

진짜로 강간했다면 도망친다고 해서 모를 수가 없는 상황인데.

"그러니까요. 사실 전 그 두 사람도 의심스럽습니다."

"네? 두 사람 다요?"

"네. 이번에 백화양의 반응에서 보셨다시피 그들 사이에서 이야기가 있었을 가능성이 높습니다. 그런데 문제는 그들이 어떻게 뭉쳤는지 알 수가 없다는 겁니다. 더군다나 마치 딱 맞아떨어지는 것처럼 요소요소에 한 명씩 증인이 등장했습니다."

"음……."

술을 먹이는 장면과 모텔로 끌고 가는 장면 그리고 도망치는 장면까지, 공교롭다고 할 정도로 치명적인 장면을 본 사람들이 많았다.

"그런데 진세영을 만난 시간이 밤 11시라고 하셨지요?"

"네. 그런데요?"

"그 시간에 여자가 혼자 돌아다니면서 그런 걸 볼 가능성이 얼마나 될까요? 한국이 치안이 좋은 나라라고 하지만, 그렇다고 해서 완전히 안전한 나라는 아닙니다. 더군다나 그 시간에 약속도 없이 여자들이 각자 돌아다닌다? 그럴 가능성은 낮지요."

조용히 듣고 있던 김성식 변호사는 얼굴을 찌푸렸다.

"그렇구먼. 그 시간에 여자가 혼자서 돌아다니는 경우는 드물지."

"네."

더군다나 한 명도 아니고 세 명이 각자 따로 돌아다니다가 마치 짠 것처럼 현장을 목격한다?

그건 말도 안 된다.

"그러니 다른 게 있다고 봐야 합니다. 문제는, 그걸 알기 전까지는 우리가 그들을 공격하기가 쉽지 않다는 거죠."

백화양이야 고정된 장소였고 술을 마셨다는 실수를 했으

니 공략하기 쉬웠다고 하지만, 다른 사람들은 그렇지 않다.

말 그대로 그냥 지나가다가 본 것이기 때문이다.

"음……."

"상당히 난이도가 높군요."

노형진은 걱정스럽다는 듯 말했다.

지금 이 순간도 손채림과 고문학이 그들의 접점을 찾기 위해 이리저리 뛰고 있지만 도무지 접점이 보이지 않았다.

직장도 다르고, 학교나 출신도 다르다.

정말로 그들은 접점이 없었다.

"하지만 누가 봐도 짰을 가능성이 높단 말이지."

김성식은 오랜 검사로서의 경험으로, 남자와 여자가 복수하는 방법이 다르다는 것을 알고 있었다.

남자는 직접적이고 폭력적인 방법을 선호하는 반면, 여자는 간접적인 함정을 선호한다.

근력으로 이기지 못하는 것도 있지만 대부분의 여자들이 피를 보거나 하는 것에 대해 남성에 비해 상당히 두려움을 가지기 때문이다.

"그리고 이런 식으로 함정을 파는 건 상당히 흔한 복수 방법이기는 해."

여자가 가진 가장 강력한 무기는 무엇일까?

다들 이에 대해 눈물이라고 답한다.

여자가 자신이 강간당했다고 주장하며 눈물을 흘리면 대

부분의 사람들은 여자 편을 들어 주지, 남자 편을 들어 주지는 않는다.

"하지만 진짜 접점이 없지 않습니까? 통화 내역을 조사해 봐도 아무것도 안 나오고."

일을 저지르기 전에 아는 사이였다면 분명히 통화 내역이 있을 거라 생각한 노형진이 법원을 통해 조회를 요청했지만 아무것도 안 나왔다.

즉, 서로 아는 사이가 아니라는 뜻이다.

"생각보다 곤란한 상황이군."

김성식도 곤혹스러운 듯한 표정이었다.

"인터넷은 어떤가요?"

"인터넷요?"

"네. 요즘은 대행해 주는 곳들이 많다고 하던데."

"아무리 대행이라고 하지만 인터넷에서 그런 일을 해 주는 사람은 없을 겁니다. 그러면 큰일이지요."

"으음……."

"인터넷은 얼굴도 모르는 사람들이 떠드는 공간입니다. 아무리 인터넷에서 조언을 많이 구해도, 결국 책임지는 사람은 아무도 없어요."

어떤 사람들은 전문가들보다는 인터넷을 더 믿는다.

하지만 소위 인터넷의 전문가라는 작자들은 전문가라고 자처하긴 하지만 절대 책임지지 않는다.

그리고 책임지지 않는 사람들을 전문가로 인정할 수는 없다.

"그런가요……."

소진성은 고개를 푹 숙이며 우울하게 말했다.

"일단은 풀려난 것을 좋게 생각합시다."

다행히 구속 시한이 지나서 소진성은 구치소에서 풀려났다.

원래대로라면 검찰이 구속 연장을 신청해 계속해서 구속 상태로 있었을 테지만, 노형진이 지난번 재판에서 합리적인 의심을 이끌어 내는 데 성공한 데다 구속적부심사에서 그가 도망가지 않을 거라는 사실을 확신시키는 데에도 성공해서 풀려난 것이다.

"하지만……."

소진성은 우울한 얼굴이 되었다.

지난 며칠간의 구치소 생활도 그렇게 끔찍했다. 그런데 재판에서 지면 몇 년씩이나 감옥에서 살아야 한다.

"그런데 인터넷이라는 말이 아예 가능성이 없는 건 아닌 것 같은데?"

"응?"

그때 등 뒤에서 들리는 목소리에 노형진이 고개를 돌려 보니 손채림은 문틀에 기대서 손을 흔들고 있었다.

"뭐야, 언제 온 거야? 그런데 인터넷이라니, 뭐가 나온 거야?"

"아니, 전혀."

고개를 흔들며 안으로 들어오는 손채림.

그러자 소진성은 고개를 푹 숙였다.

"아무리 봐도 인터넷은 좀 그렇지 않아? 물론 돈을 주면 거짓말해 주는 사람이 없는 건 아니지만 한두 푼 가지고 이런 위험한 장난을 하지는 않을 거 아냐?"

증인이 세 명이라고 하면 한 명당 못해도 1천만 원은 줘야 한다.

그런데 진세영은 그런 능력이 되지 않는다.

"조사해 보니까 그들은 전혀 접점이 없었어. 도리어 그래서 난 인터넷이 의심스러운데?"

"전혀 접점이 없어서 인터넷이 의심스럽다?"

"그래. 네가 말한 것처럼 그냥 아무나 붙잡고 부탁할 만한 일은 아니잖아."

"그런데?"

"그러니까 서로 우정을 나눌 수 있는 공간이 있었을 거 아냐? 난 그곳이 인터넷이라고 생각해."

노형진은 살짝 눈을 찌푸렸다.

자신의 생각이 틀렸다는 것을 알아차린 것이다.

"그러니까, 넌 사건을 조작하기 위해 인터넷에서 만난 게 아니라 원래 인터넷상에서 우정을 나누던 사람들이라 이거야?"

"그래."

"하지만 뭘로? 그게 가능한가? 친해지면 통화라도 한번 하는 게 보통 아닌가?"

"아닐 수도 있지요. 요즘은 시대가 바뀌어서 그렇게 전화에 매달리지는 않아요. 젊은 여자들은 전화보다는 다른 수단으로 소통하는 것에 익숙하기도 하고요."

"다른 방식?"

"톡 같은 거요."

"아!"

톡으로 단문을 주고받으면서 이야기하는 데 익숙한 젊은 여성들은 딱히 통화에 신경 쓰지 않는다.

"하지만 톡 좀 주고받았다고 이런 범죄를 도와준다는 건……."

이해하지 못한 듯 김성식이 고개를 갸웃하는 순간, 번개같이 노형진의 머릿속에 스치고 지나는 게 있었다.

"인생 낭비 서비스."

"에?"

"그게 뭔가?"

노형진의 얼굴에 왠지 씁쓸한 미소가 떠올랐다.

자신이 왜 그걸 생각해 내지 못했을까?

'하긴, 아직은 악영향이 널리 알려질 시점은 아니긴 하지. 하지만 아무리 그래도 그렇지.'

자기가 투자한 곳에 대해서도 생각을 못 하고 있었다니. 명백하게 실수였다.

"인생 낭비 서비스가 뭔가?"

"SNS를 비꼬는 말입니다. 인생에 도움이 안 되는 것에 사람들이 너무 매달리니까요."

"타기팅이니 마스크북이니 하는 그런 거?"

"네."

"거기서 친해졌다고 범죄를 도와준다고?"

이해하지 못하겠다는 표정이 되는 김성식.

하지만 노형진은 미래에 대해 안다. 그렇기에 그들의 성향도 아는 것이다.

"거기서 친해져서 범죄를 도와주는 게 아닙니다. 거기에 빠지면 어느 순간 그곳만이 유일한 소통 창구가 돼요. 주변에서 얼굴을 보고 말하는 이성적인 사람보다, 자기랑 의견이 맞는 인터넷상의 친구에게 매달리는 거죠."

"보고 싶은 것만 본다 이건가?"

"네."

인터넷에서 그런 일은 흔하다.

인터넷에 넘치는 수많은 혐오들.

그 베이스는 진짜로 존재하는 게 아니라, 그걸 과대 생산하는 사람들이 문제다.

성추행 사건이라도 하나 터지면 인터넷에서는 남자들이 모조리 강간범인 것처럼 몰아가고, 강간 무고 사건이라도 하나 터지면 남자들은 여자들이 모조리 꽃뱀인 것처럼 몰고 간다.

정작 당사자들은 그런 일을 겪어 본 적도 없으면서 말이다.

심지어 살인 사건이 났는데 그걸 추모한다면서도 한편으

로는 유가족들에게 발길질하는 게 그러한 혐오 조장론자들이다.

"세상에는 미친놈이 많습니다. 그러나 아무리 많다고 해도 결국은 일부죠. 그렇지만 혐오 주의자들은 세상의 전부가 혐오 대상이라고 주장하고 다니지요."

"끄응……."

"그리고 이건 정치적으로도 상당히 도움이 되거든요."

"정치적으로 도움이 된다?"

"네."

노형진은 눈을 살짝 찡그렸다.

"빨갱이 타령이 막혔잖습니까? 자고로 국민들이 내분을 일으켜야 정치인들에게는 편하거든요."

지금까지 정치인들은 빨갱이 타령을 하면서 국민들의 분열을 조장했다.

하지만 그게 막히면 어떻게 할까? 국민들이 통합되는 것을 그냥 두고 볼까?

"그게 혐오 주의자들에 대한 지원이란 말인가?"

"네."

"더럽군."

"주간 베스트를 생각해 보세요. 정부에서 그걸 막지 못해서 안 막을까요?"

"끄응……."

안 막는 게 아니다. 막을 수 있다.

인터넷에서 개소리하는 놈들 열댓 명만 법대로 처벌하면 그들은 입을 다문다.

"하지만 자신들을 대신해서 남에게 혐오의 프레임을 뒤집어씌울 사람이 필요하지 않습니까?"

"하긴…… 부정은 못 하겠군. 한국에서 혐오는 정치의 한 방식이지."

김성식도 사정을 알기 때문인지 한숨을 푹 쉬었다.

하지만 듣고 있던 소진성은 어이없다는 표정이 되었다.

"SNS를 하다가 절 공격한 거라고요?"

"네. 일종의 악순환이지요."

"악순환?"

"네."

처음에는 진세영이 자신의 SNS에 차인 것을 토로했을 것이다.

그러자 그와 비슷한 성향을 가진 사람들이 그녀와 함께 소진성을 욕했을 것이다.

그냥 편들어 주면서 욕하는 건 좋다.

편들어 주는 다른 사람들과 함께 스트레스를 푸는 것은 자연스러운 방식이다.

"문제는, 오프라인에서는 브레이크가 걸리지만 온라인에는 브레이크가 없다는 겁니다."

오프라인은 그들의 이야기가 끊어질 수밖에 없다, 각자의 삶이 있고 생활이 있으니.

하지만 온라인은 그렇지 않다.

계속해서 서로 떠들고 이야기하면서 계속 SNS에 글을 올린다.

뭘 하든, 잠깐 글을 올리고 답문을 다는 게 어려운 것은 아니니까.

"결국 계속해서 악화되는 거죠."

머리를 식히고 현실을 돌아봐야 하는 시점에 서로가 마구 욕하면서 그 분노가 점점 배가되는 것이다.

"그리고 그럴 때 실수를 하는 겁니다."

누군가 복수를 이야기했을 테고, 분노로 눈이 돌아가 버린 사람들에게 그건 상당히 매혹적으로 들렸을 것이다.

"그러고 보니 진세영이 이야기할 때 자꾸 핸드폰을 보기는 했어요. 아마도 SNS를 하는 것 같았는데."

"으음……."

그러면 모든 것이 설명된다.

인터넷으로 서로 연결되는 것이니 사는 공간도 멀고 접점도 없었을 것이다. 그저 성향이 비슷할 뿐.

그러니 아무리 기존의 방식으로 추적해도 접점이 나올 리 없다.

"거기에다 서로의 흔적을 지우는 건 간단하지요."

사건을 저지르기 전에 인터넷에 들어가서 자신들이 썼던 글을 지우는 거야 어려운 일이 아닐 것이다.

더군다나 대부분의 SNS 기업은 해외 기업들이다. 그러니 한국에서 자료를 달라고 해도 잘 주지 않는 편이다.

명확한 증거가 있다면 모를까.

'하지만 명확한 증거라는 게 없지.'

그냥 의심만 있을 뿐.

그걸 가지고 글을 복구해 주는 기업은 없다.

"영장을 신청해 봐야 나오지도 않을 테고."

"그렇겠지요."

그저 단순 의심일 뿐이고, 이쪽은 강간범이라 낙인찍힌 상태다.

당연히 강간 혐의를 벗어나기 위해 뭐라도 물어뜯으려고 하는 것이라 생각할 것이다.

"그러면 어쩔 생각인가? 그냥 가서 따질 건가?"

"그런다고 말하겠습니까?"

"그러면 어쩌지?"

노형진의 입가에 슬며시 미소가 떠올랐다.

"그러면 그들의 근본을 무너트려야지요."

"근본?"

"네. 인생은 기본적으로 오프라인이라는 걸 알려 줘야지요."

김성식은 고개를 갸웃했다.

아무래도 그는 온라인과 오프라인의 차이를 잘 모르는 세대니까.

"두고 보시면 압니다. 그나저나 이 사건이 우리 예상대로라면……."

노형진은 한숨을 푹 쉬었다.

"퍼거슨의 의문의 1승인 셈이군요."

"퍼거슨? 그 사람, 축구 감독 아닌가? 그런데 그 사람이 왜 갑자기 이긴다는 건가? 거기에다 의문의 1승은 또 뭔데?"

"그런 게 있습니다."

노형진은 그저 씁쓸하게 웃을 뿐이었다.

⚖️

재판이 시작되자 노형진은 바로 두 증인을 불러왔다.

그러자 두 명의 증인은 잔뜩 긴장된 얼굴로 재판정으로 나왔다.

백화양이 처절하게 당했다는 것을 들었기 때문이다.

'뭔가 있군.'

노형진은 잔뜩 긴장한 두 사람을 보면서 속으로 확신을 가졌다.

어떤 방식인지 모르지만 서로 연락을 주고받고 있지 않았다면 저들이 저렇게 긴장할 이유가 없다.

지난번 재판에서 백화양이 무지막지하게 깨지기는 했지만 두 사람은 여기에 없었다.

그러니까 그 후에 서로 연락을 주고받는 게 아니고서야 그녀가 깨진 것을 알 수 있을 리가 없다.

'SNS? 아니야. 그렇게 걸릴 수 있는 것은 쓰지 않을 거야.'

노형진은 그들이 과연 어떤 방식으로 소식을 주고받았을지 궁금했다.

'뭐, 깨다 보면 나오겠지.'

노형진은 그렇게 생각하면서 검사가 하는 말을 느긋하게 들었다.

"이러한 증언으로 볼 때, 과거 증인의 주장에 약간의 문제가 있었다고 하지만 여전히 피고인 소진성의 강간 행위를 입증하는 데 아무런 문제도 없다고 생각합니다."

검사는 여전히 강간을 주장하는 쪽으로 밀고 가고 있었다.

'당연하다면 당연한 건데, 참 씁쓸하네.'

원래대로라면 검찰은 공정하게 수사해야 한다.

당연히 지난번에 위증의 혐의가 보였으니 정식으로 위증죄로 고발하고 이번 사건에 대해 중립적 자세로 재수사를 해야 한다.

하지만 그렇게 하기는 귀찮으니 그냥 계속 강간으로 밀어붙이고 있는 것.

'그래, 자기 인생 아니다 이거지.'

노형진은 한심스럽다는 생각에 한숨을 푹 쉬었다.

"피고인 측 변호인, 변론하세요."

그러는 사이 검사의 주장이 끝나고 공격의 칼날은 노형진에게 넘어왔다.

노형진은 변론하는 대신에 증인을 요청했다.

"재판장님, 증인을 요청합니다."

"또요?"

"뭐가 잘못되었나요?"

검사가 눈을 찌푸리자 노형진은 그를 바라보면서 말했다.

'어차피 이번 싸움의 카드는 증인이니까.'

검사와 아무리 치고받고 싸워 봐야, 모든 사건의 발단은 증인이다.

증인만 무력화시키면 되는데 왜 귀찮게 검사와 싸운단 말인가?

"으음……."

검사는 약간은 당황한 표정이었다.

언제나 사건의 고발자적 입장에서 치열한 싸움을 해 왔지 지금처럼 너는 떠들어라, 나는 내 갈 길 간다는 식의 방어 전략은 본 적이 없기 때문이다.

더 큰 문제는, 그럼에도 불구하고 확실하게 효과가 있다는 것이다.

"증인으로 박세하 양을 신청합니다."

"인정합니다. 박세하 양은 증인대 앞으로 나오세요."

박세하는 소진성이 진세영을 모텔로 끌고 가는 것을 본 사람이었다.

당연히 그녀의 주장이 먹혀서 강간으로 인정된 것이고 말이다.

"증인, 선서하세요."

박세하가 선서하고 난 후에 노형진은 싱긋싱긋 웃으면서 그녀에게 다가갔다.

"증인, 증인은 소진성 씨가 피해자를 끌고 모텔로 향하는 것을 봤다고 했지요."

"네."

"그렇군요."

노형진은 거기까지 묻고 잠깐 침묵을 지켰다.

연이어 공격할 거라 생각한 그녀는 그러한 침묵에 고개를 갸웃했다.

하지만 그다음 순간, 얼굴이 사색이 되었다. 질문 때문이 아니라 문을 열고 들어오는 두 사람 때문이었다.

두 사람은 손채림의 안내를 받으면서 미리 준비된 방청석의 맨앞으로 나왔다.

그 두 사람은 다름 아닌 박세하의 부모였다.

'왔구나.'

노형진은 힐끗 그쪽을 바라보고는 속으로 미소 지었다.

'자, 그러면 너희 우정을 한번 시험해 보마.'

그 잘난 온라인 우정이 어디까지 갈지, 노형진은 참으로 궁금했다.

"증인이 두 사람을 관심 있게 본 이유가 뭔가요?"

"네?"

"증인이 관심 있게 두 사람을 본 이유가 있을 거 아닌가요? 술에 취해서 모텔로 들어가는 커플이 한두 명이 아닐 텐데."

"그건……."

당연히 있을 만한 질문이었지만 그녀는 당황한 나머지 제대로 대답하지 못했다.

"증인, 대답하세요."

"그게 그러니까…… 뭐랄까, 여자가 휘청거리는데 강제로 끌고 가는 모습이 보인달까?"

그녀는 애써 미리 준비한 대답을 했다. 노형진은 고개를 끄덕거렸다.

"강제로 끌고 간다라……."

"네."

"그런데 다른 사람들은 그걸 그냥 두고 보고 있었나요?"

"다른 사람?"

"설마 새벽에 혼자서 모텔촌을 배회하지는 않았을 거 아닙니까? 거기에다가 지금 사시는 곳은 경기도던데. 남자 친구나 다른 사람이 함께 있었던 것 아닌가요?"

박세하의 얼굴이 딱딱하게 굳었다. 그리고 힐끔 부모님을 바라보았다.

'아무래도 이런 부분에 대해서는 예민하지.'

부모가 있는 앞에서 남자와 모텔을 들락거렸다는 이야기를 대담하게 할 수 있는 사람은 별로 없다.

'아마도 원래는 남자 친구와 있었다고 할 생각이었겠지만……'

자신이 부모를 모셔 왔고, 그들 앞에서 그걸 이야기하면 집에 가는 순간 그 남자에 대해 캐묻기 시작할 것이다.

그런데 거기서 거짓말했다고 해 버리면 빼도 박도 못하고 위증이 된다.

"증인, 누구와 있었나요? 그곳에 있었던 시간이 새벽 3시인데요."

"그건……."

"남자 친구랑 있었던 게 아니라면, 다른 누군가와 있었나요?"

"네? 아, 네네."

"그러면 그 다른 사람이 누군가요?"

"그건……."

엉겁결에 그렇다고 이야기했는데 그녀는 그 사람이 누군지 말하지 못했다.

아니, 할 수가 없었다. 거기에 없었으니까.

'어…… 어쩌지?'

박세하는 당혹감을 감추지 못하고, 이러지도 저러지도 못했다.

계획대로 말하자니 부모님이 난리가 날 테고 아니라고 말하자니 자신들의 계획이 틀어진다.

더군다나 무고와 위증까지 한꺼번에 들어온다.

"증인, 왜 말을 못 하나요? 같이 있었던 사람이 누군지 말하지 못할 사정이라도 있나요?"

"사실은 혼자 있었어요."

"그 시간에요?"

"네."

결국 최선은 혼자 있었다는 말뿐이었다.

그렇게 하면 양쪽 다 가능하니까.

'내 그럴 줄 알았다.'

노형진은 피식하고 웃었다.

자신이라고 해도 저런 답변을 했을 테니까.

'그리고 그게 내가 굳이 부모님을 데리고 온 이유지.'

양심의 가책을 느껴 진실을 말하게 하기 위해서?

그럴 리 없다.

이런 짓을 하는 녀석들에게 양심이라는 게 있을 리 없으니까.

그렇다면 남은 것은 단 하나.

불이익을 주면 된다.

"그러니까 새벽 3시에, 경기도에 사시는 분이 혼자서 서울에 있는 모텔촌을 배회하고 있었다는 거군요."

"네."

"이유는요?"

"그냥 산책 삼아서……."

"산책을 좀 멀리 가네요? 그것도 아주 위험한 곳으로?"

"……."

모텔촌은 필연적으로 유흥가와 인접해 있을 수밖에 없다. 그리고 그 시간이면 완전히 고주망태가 되어 버린 술꾼들이 이리저리 돌아다닌다.

거기까지는 문제가 안 되지만, 그런 작자들 중 일부가 발정이 나서 지나다니는 여자들에게 찝쩍거린다는 것이 문제였다.

"그걸 알면서 왜 그 시간에 거기서 배회하고 있었지요?"

"그건……."

"거기에다 본인은 경기도에 살면서 딱히 수익 활동을 하지 않고 있네요."

"네?"

"백수라는 소리입니다."

"아, 네……."

노형진이 뒷조사를 해 보니 박세하는 백수였다.

물론 다니던 회사가 망해서 졸지에 백수가 된 것이지만.

'그건 불쌍하기는 하지만…….'

그렇다고 해서 남의 인생을 망쳐도 된다는 것은 아니다.

보아하니 백수가 된 스트레스를 그렇게 함으로써 풀어 낼 수 있을 거라 생각한 모양이지만.

"새벽 3시에 유흥가를 혼자 돌아다닌다라…… 이걸 어떻게 받아들여야 하나요?"

"……."

"질문을 바꿔 보죠. 증인, 증인의 현재 직업이 뭡니까?"

배심원들의 얼굴에 불신이 피어올랐다.

그리고 부모는 얼굴이 딱딱하게 굳어지기 시작했다.

"혼자 있었던 게 아니라, 같이 있었던 사람이 누구인지 말하지 못하는 거 아닌가요? 누구인지 모르니까?"

"허억! 아니에요! 아니에요!"

이대로 있다가는 졸지에 술집 여자나 매춘부로 몰릴 것 같다는 생각에 박세하는 기겁하면서 두 손을 흔들었다.

"그렇다면 그날 거기에 있을 이유가 없지 않습니까? 최소한 그날 만난 친구들이라도 말씀해 주셔야지요."

"그건……."

박세하는 눈을 데굴데굴 굴렸다.

진짜로 있었다면 문제가 되지 않겠지만 그 근처에도 가지 않았으니 문제가 될 수밖에 없다.

"증인, 진짜로 말하지 못하는 이유가 뭡니까?"

박세하는 점점 당황해서 땀을 뻘뻘 흘렸다.

입을 다물자니 졸지에 부모님 앞에서 창녀가 될 판이고, 사실대로 말하자니 자신에게 벌이 떨어질 게 뻔하다.

"재판장님! 지금 피고인 측 변호인은 증인에게 모욕적 언사를 하고 있습니다."

보다 못한 검사가 그녀를 도와주기 위해 외쳤지만 노형진은 그런 그의 말을 막아 버렸다.

"재판장님, 이것은 모욕적 언사가 아니라 증인의 신빙성에 대한 질문입니다. 거기에 있었다고 하면서 본인의 이야기는 아무것도 하지 않는 증인을 어떻게 믿습니까?"

"인정합니다. 이건 개인적인 질문이 아니라 증인의 신빙성에 대한 질문입니다. 증인, 질문에 답변하세요."

박세하는 얼굴이 사색이 되었다.

설마 일이 이렇게 굴러갈 줄은 몰랐던 것이다.

'과연 우정이냐, 가족이냐?'

여기서 계속 거짓말하면 부모 앞에서 그녀의 인생은 박살나는 셈이다.

아마도 부모는 자취하고 있는 그녀를 강제로 본가로 끌고 내려갈 것이다.

그렇다고 사실대로 말하면 박세하는 전과를 달 수밖에 없다.

'이쯤에서 사탕을 좀 던져 줄까?'

모든 일에는 채찍과 당근이 있는 법이다. 너무 몰아붙이기만 하면 저들이 도망갈 구석이 없게 된다.

"재판장님, 증인이 머리를 식힐 시간이 필요한 듯하니 우선 다른 증인을 불러도 되겠습니까?"

"뭐라고요? 다른 증인을요?"

판사는 약간 당황스러운 표정이 되었다.

그럴 수밖에 없는 게, 질문이 끝나지 않은 상황에서 증인을 바꾸는 경우는 없기 때문이다.

보통 증인의 심리가 흔들릴 때 더욱 몰아붙여서 무너진 상태에서 진실을 끌어낸다. 지금 현재, 누가 봐도 증인은 무너지기 직전이다.

그런데 증인을 바꾸고 정신을 차릴 시간을 주겠다니?

"안 되나요?"

"안 될 것은 없지만, 검사 측은 아직 증인신문을 못 했습니다."

증인이 나오면 한쪽 이야기만 듣는 게 아니다.

노형진이 먼저 불렀으니 노형진이 먼저 질문하고 다음으로 검사가 질문해야 한다.

그런데 아직 검사는 질문을 시작도 하지 않았다는 것이 문제.

"저는 동의합니다. 아무래도 증인이 제정신이 아닌 듯하니까요."

검사는 냉큼 동의했다.

이렇게 증인이 무너진 상황에서 질문해 봐야 자신에게 불리한 대답만 나올 테니까.

'후회할 텐데?'

노형진은 그런 검사의 속셈이 뻔하게 보였지만 그저 씩 웃을 뿐이었다.

"양측 다 동의했으니 증인에게 잠깐 쉬는 시간을 주겠습니다."

"그러면 다음 증인으로 김아령 양을 부르겠습니다."

호명당한 김아령의 얼굴은 아예 시체처럼 창백했다.

다른 사람이 어떻게 당했는지 너무나 뻔하게 봤기 때문이다.

"증인, 앞으로 나오세요."

법원 경비의 재촉에 앞으로 나오던 그녀는 뒤에서 들리는 소리에 무심코 고개를 돌렸다가 휘청하고 쓰러질 뻔했다.

안으로 들어오는 사람들은 자신의 부모님과 남자 친구였기 때문이다.

'나이스 타이밍.'

세 사람을 데리고 오던 손채림은 노형진을 보고 엄지를 척 세웠다.

그러나 김아령은 다리가 후들후들 떨렸다.

'자, 어쩔 건가?'

공포라는 건 단순하다. 자신이 당하는 것보다, 때로는 남이 당하는 것에 더 두려움을 느낀다.

그리고 그걸 피할 수 없다고 생각하면 더욱 두려움을 느낀다.

거기에다 박세하와 다르게 김아령의 경우 이미 그녀의 인생을 위협할 만한 사람이 자리에 있다.

남자 친구가 왔으니, 여기서 그녀가 아까처럼 대응한다면 볼 것도 없이 파멸이다.

  부모야 혈연을 끊지 못한다고 하지만, 애인이 몸을 파는 여자라고 의심되는 상황에서도 남자가 계속 만남을 이어 갈 리 없기 때문이다.

  '그래서 내가 우선순위로 박세하를 앞에 두고 김아령을 뒤에 둔 거지.'

  지킬 게 많아질수록 사람은 더욱 절박해지기 마련이니까.

  "증인, 선서하세요."

  창백한 얼굴로 나온 김아령은 덜덜 떨리는 손으로 힘겹게 선서했다.

  그러자 노형진은 그녀에게 다가갔다.

  "증인."

  노형진이 부드럽게 불렀음에도 불구하고 그녀는 움찔했다.

  "재판장님, 증인에게 법률적 조언을 해도 되겠습니까?"

  "법률적 조언?"

  "그렇습니다."

  노형진의 말에 판사도 검사도 어이없어했다.

  엄밀하게 말하면 김아령은 피고인의 반대쪽에 있는 사람이다. 그런데 법률적 조언을 해 주겠다니?

  "안 되나요?"

  "안 될 건 없지만, 법률적 위협은 안 됩니다."

"법률적 위협은 하지 않습니다."

"그러면 하세요."

사실 하고 싶다고 해도, 검사와 판사가 눈에 불을 켜고 지켜보고 있는데 위협할 노형진이 아니다.

'하지만 위협과 조언은 한 끗 차이란 말이지.'

노형진은 싱글싱글 웃으면서 그녀에게 다가갔다.

"증인, 아니 김아령 씨."

"네."

"지금 당신은 무죄입니다."

"네?"

무슨 말이냐는 듯 눈을 크게 뜨고 노형진을 바라보는 그녀.

"간단하게 말해서, 지금 당신에게 해당되는 죄는 없다는 뜻입니다. 그러니까 이렇게 겁먹지 않아도 돼요."

"죄가 없다고요?"

"네. 무고죄라는 것은 고발한 사람에게 해당되는 죄입니다. 당신이 고발한 건 아니잖습니까?"

한 가닥 희망을 잡은 표정으로 고개를 번쩍 드는 김아령.

"다만 위증죄가 문제인데……."

"그게……."

"당신은 아직 위증을 하지 않았습니다. 그렇지요?"

"네?"

"아, 사람들이 잘못 아는 게 있는데, 검찰이나 경찰에서 말한 것만으로는 위증죄가 성립하지 않습니다."

"뭐라고요?"

"위증죄의 대상은, 오로지 법원 증인석에서 선서하고 한 말뿐입니다."

노형진은 거기까지 말하고 잠깐 시간을 줬다.

머릿속을 정리하게 하기 위해서였다.

그리고 좀 시간이 지나자 한마디 더 덧붙였다.

"그리고 당신은 아직 증언하지 않았지요."

김아령이 고개를 번쩍 들었다.

지금까지 공포와 두려움에 떨었다. 똑같은 질문이 날아오 겠지만 답변할 방법도 없었고, 그로 인한 후폭풍을 감당할 자신도 없었다.

그런데 기사회생할 방법이 생겨난 것이다.

'원래 물에 빠지면 지푸라기라도 잡으려고 하는 법이지.'

즉, 노형진은 김아령에게 지금 사실을 말하면 넌 무죄로 빠져나갈 수 있다는 떡밥을 던진 것이다.

이걸 위해 노형진은 순서를 짜고 주변 인물을 데리고 오고 질문을 준비했다.

"증인, 더 할 말이 있습니까?"

노형진은 다시 한 번 물었다.

그 순간, 김아령은 자신이 살 수 있는 동아줄이 내려오자 볼 것도 없이 잡으려고 덤벼들었다.

"이거 다 거짓말이에요. 이거 다 짠 거예요. 강간한 적 없어요. 저도 거기에 간 적 없어요."

"뭐라고?"

"잠깐! 그게 무슨 말이야!"

검사는 당황해서 벌떡 일어났다.

'모른 척하기는.'

아마 지난번 일이 끝난 후쯤부터 이미 의심하고 있었을 것이다.

그러고도 모른 척했으면서 새삼 당했다는 표정이라니.

'넌 검사보다는 연기자가 나을 뻔했다.'

물론 얼굴이 안 된다는 게 문제지만.

"사실은 전 거기에서 본 적도 없어요. 그냥 부탁받아서 거짓말한 것뿐이에요."

"그래서, 무슨 부탁이었지요?"

"복수할 수 있게 도와 달라는 부탁요. 자신을 찬 남자의 인생을 파멸시켜 버리고 싶다고 했어요."

"그래서 경찰에 거짓 증언을 한 건가요?"

"네."

"그러면 그 전부터 알고 있었다는 건데. 어디서 만나서 알고 지내던 사인가요?"

"타기팅요. 거기에서 알고 지낸 지 2년쯤 됐어요."

"하지만 저희가 조사했을 때는 아무것도 없던데요?"

"고발하기 전에 싹 다 지웠어요."

살 수 있다는 생각에, 그녀는 모든 이야기를 다 까발리기 시작했다.

"거짓말이야!"

박세하는 기겁하면서 소리를 질렀다.

자신은 이미 위증했기 때문에 처벌을 피할 수 없다. 그런데 자기만 살자고 모조리 까발리는 김아령을 용서할 수가 없었다.

"거짓말하지 마, 이 미친년아!"

"닥쳐! 내가 왜 감옥을 가야 해!"

"배신자!"

"배신자? 서로 모르는 사이 아니었나요? 모르는 사이라면서 뭘 배신한다는 겁니까?"

박세하의 비명 같은 말에 노형진이 핵심을 지적하자 그녀는 순간 입을 막았다.

하지만 이미 상황은 돌이킬 수 없는 지경으로 넘어가고 있었다.

"거봐요! 전부터 알고 있었어요! 원하시면 제 타기팅 계정을 복구해 달라고 할게요!"

노형진은 씩 웃었다.

경찰이나 검찰이 복구해 달라고 하는 건 잘 해 주지 않지만 본인이 해 달라고 하면 해 준다.

노형진이 노린 게 그거고.

'빙고.'

명확한 증거가 나오기 시작하자 박세하는 그대로 주저앉았다.

자신이 벗어날 방법이 없다는 걸 알아차린 것이다.

"그러면 그 이후에는 어떻게 연락을 주고받았나요?"

"쪽지요."

"쪽지?"

"네, 메일 쪽지함요. 새로 계정을 파서, 거기서 쪽지만 주고받았어요."

"아하!"

사람들은 보통 조사할 때 메일을 많이 조사하지 쪽지 기능은 잘 신경 쓰지 않는다.

"받은 이후에 바로 삭제하면서 흔적을 지웠어요."

경찰이나 검찰이 증인을 조사하지는 않을 테니, 그러면 흔적은 남지 않았을 것이다. 애초에 찾지도 못했을 테고.

'하지만 이제 상황이 바뀌었지.'

그녀가 자발적으로 복구한 내용을 내놓을 테니까.

"알겠습니다."

노형진은 거기까지 물어보고 물러났다.

"그러면 증인을 다시 바꿔 보도록 하지요."

"증인을 다시 바꿔요?"

"네. 박세하 씨, 앞으로 나와 주세요."

검사가 질문해야 하는 순서였지만 그는 당혹한 듯 아무런 말도 하지 못했다.

그러자 의사를 물어보려는 듯 그를 바라보던 판사는 고개를 흔들면서 박세하를 불렀다.

"증인, 앞으로 나오세요."

박세하는 혼이 나간 듯 휘청거리면서 증언석으로 나왔다.

완전히 부서지는 자신의 미래를 본 듯한 표정이었다.

그런 그녀를 보면서 노형진은 속으로 실실 웃었다.

"증인, 정신 차리세요!"

"네? 아, 네, 네……."

그러나 그다지 정신을 차리지 못하는 듯한 모습의 박세하.

노형진은 그녀를 보다가 판사를 바라보았다.

"재판장님, 조언을 좀……."

"하세요."

판사도 눈치가 있는지 고개를 끄덕거렸다.

노형진은 정신이 반쯤 나가 있는 박세하에게 구원의 동아줄을 내려 줬다.

"증인."

"네……."

"아직 증인의 증언은 끝나지 않았습니다. 보통 위증은 증언의 종료로 완성되지요."

"네? 그게 무슨 말씀이신지?"

순간 본능적으로 자신이 살 수 있는 동아줄이라고 생각한 박세하가 정신을 차리면서 되물었다.

"말 그대로입니다. 증언이 종료되는 시점까지 계속 거짓 말을 하면 위증이 됩니다. 하지만 종료되기 전에 양심상의 가책으로 진실을 말한다면 정상참작이 됩니다. 정상참작이 뭔지 아시죠?"

그래서 노형진이 아까 증언 도중에 휴식을 따로 주자고 한 것이다.

종료되지 않은 상황에서 증언은 바뀔 수 있으니까.

그리고······.

"사실은 이거 다 짠 거예요! 이거 조작된 거예요! 함정을 판 거라고요!"

자신이 살 수 있는 기회가 오자 바로 붙잡으려고 아등바등 하는 박세하.

그 말을 들은 검사는 얼굴을 부여잡고 의자에 주저앉았다.

"재판장님, 여기까지입니다."

"음······."

재판장은 갑작스럽게 돌변한 상황에 약간은 어리벙벙한 표정이었다.

상황이 이렇게 극적으로 돌변할 거라고는 생각도 못 했다.

"검찰 측, 질문할 게 있습니까?"

"네? 아……."

검사는 당황해서 김아령과 박세하를 바라보았다.

질문해서 그녀들의 증언을 뒤집어야겠지만, 그게 불가능하다는 걸 알고 있는 것이다.

'이쪽은 증거가 나올 테니까.'

거기에다 박세하가 아까 배신자 운운하는 바람에 이건 빼도 박도 못하는 상황이 되어 버렸다.

"질문…… 없습니다."

검사는 입술을 깨물으며 말했다.

"그럼 다음 기일에 결심하겠습니다."

다음 기일은 금방 잡혔다.

사실 더 이상 따지고 자시고 할 것도 없었으니까.

"무죄군요."

노형진은 판결문을 받아 들면서 씩 웃었다.

"그렇겠지. 아주 난리가 났으니까."

김아령이 배신하고 모든 증거를 복구해서 가져다주자, 이건 빼도 박도 못하는 상황이 되어 버렸다.

박세하는 나중에야 잘못했다고 울고불고했지만 이미 버스는 지나간 후였기 때문에 위증죄로 처벌받을 수밖에 없게 되었다. 다행히 노형진 덕분에 나중에라도 진실을 말해서 정상 참작을 받게 되긴 하지만.

'뭐, 벌금 좀 내면 끝나겠지.'

진세영은 재판이 틀어진 사실을 알고 도망쳤다가 잡혔는데, 장난이었다면서 애써 사건을 폄하하려고 했다.

"장난이라니, 어이없어서 진짜."

손채림은 고개를 절레절레 흔들었다.

도대체 남의 인생을 가지고 장난치는 놈들은 뭐란 말인가?

"원래 복수에 눈이 멀면 보이는 게 없다고 하잖아."

'다만 그들은 복수하려면 무덤을 두 개 파라는 말을 몰랐을 뿐이지.'

복수를 한다는 것은 자신도 죽을 각오를 한다는 것이다.

그리고 남의 인생을 파멸로 몰아가려고 했다는 것은 자신역시 그리될 각오를 해야 한다는 뜻이고.

"덕분에 일이 잘 끝났네."

김성식은 안도의 한숨을 내쉬었다.

도무지 방법이 보이지 않는 와중이었는데 말이다.

"그나저나 SNS라……. 나도 해야 하나? 뭘 배워야 알지."

"배우는 건 좋지만 빠지지는 마세요."

"응?"

"인생 낭비 서비스라는 말은 괜히 생긴 게 아닙니다."

손채림과 김성식은 입가에 씁쓸한 미소를 떠올렸다.

더러운 경비견들

　"보통은 내가 부탁하는데 말이지. 네가 부탁을 해 올 줄은 몰랐는데?"

　노형진은 눈앞에 있는 사람을 보며 말했다.

　'눈앞에 있는 사람'은 다름 아닌 남상진이었다.

　그는 언제나처럼 무표정한 얼굴로 노형진에게 가방 하나를 내밀었다.

　"이건 뭔데?"

　"돈."

　"그러니까 이걸 왜 주는데? 정식으로 내가 뭘 의뢰받은 것도 아니고."

　"의뢰하려고 하는 거다."

"그래?"

무심코 가방을 연 노형진의 눈이 움찔했다.

5만 원짜리가 가득한 가방. 절대로 적은 돈은 아니다.

"대충 봐도 한 3억쯤 되는 것 같네."

"정확하다. 그쪽으로도 재능이 있나 보군."

"뜬금없이 돈을 내민다고 해서 내가 받아들일 건 아니잖
아? 너도 주워들은 소문은 있을 텐데?"

처음 만났을 때는 아무것도 없던 노형진이지만 이제는 상
황이 바뀌었다.

지금은 남상진이 가진 전 재산을 합한다고 해도 노형진에
비하면 새 발의 피다.

"내가 주는 게 아니야. 의뢰인이지. 그쪽에서 능력 있는
사람을 원하거든."

"그거야 누구나 마찬가지 아닌가?"

세상에 자기 일을 맡기면서 무능한 사람을 원하는 이는 없
을 것이다.

그러니 능력이 있는 사람을 찾는 거야 당연한 일이다.

"그러니까 너한테 온 거지. 내가 해결하고 싶지만, 내 힘
으로는 여러모로 곤란하거든."

"곤란해?"

노형진은 고개를 갸웃했다.

남상진에 대해서는 잘 안다. 최소한 로비에 관해서는 노형

진보다 훨씬 능력이 있는 사람이다.

그런데 그런 그의 힘으로도 곤란하다고?

"도대체 왜 네가 나서지 못하는 거지? 그리고 의뢰인의 목적은 뭐고?"

"의뢰인은 복수를 원한다. 하지만 신분은 밝히지 못하겠군."

"어째서?"

"네가 실패했을 때 역으로 복수가 들어오는 걸 원하지 않거든."

노형진 정도가 실패한다는 것은 이번 작전의 위험도가 아주 높다는 뜻이다.

"상대방이 누군데?"

"받아들일 텐가?"

"들어 보고."

"그건 곤란한데."

"내가 바보인 줄 아나, 상대방이 누구인지도 모르고 덥석 받아들이게?"

그런 건 영화에나 나오는 장면이다.

하지만 노형진은 영화에 나오는 것처럼 다급하지도, 그렇다고 정의롭지도 않다.

상대방이 바른 사람인데 악당이 자신에게 의뢰할 가능성도 있기 때문이다.

"그러면 싫어. 안 해. 못 해."

"으음……."

남상진은 잠깐 고민했다. 그리고 입을 열기로 했다.

최소한 노형진은 거부를 하더라도 다른 곳에 이야기를 떠벌리고 다닐 사람은 아니니까.

"할 수 없군, 너만큼 능력 있는 사람을 찾는 것은 사실상 불가능하니. 모 정당이다."

"모 정당? 정당 누구?"

"정당 그 자체."

노형진의 눈이 절로 찡그러졌다.

한국에서 그저 그런 군소 정당도 아니고 제대로 된 정당을 적으로 삼겠다는 것은 '나를 죽여 주십시오.'라고 말하고 다니는 것이나 마찬가지다.

"설마 현 여당은 아니겠지?"

남상진은 씨익 미소를 지었다.

"너 미친 거냐?"

노형진이 아무리 능력이 좋아도 현 정권을 쥐고 있는 여당과 싸울 생각은 없다.

국가 대 개인의 싸움이 되어 버릴 게 뻔한데 말이다.

"거기에다 법률적인 것도 아니고 꿍꿍이를 노리는 모양인데."

"왜 그렇게 생각하지?"

"정상적인 소송이면 널 통할 리 없잖아?"

남상진은 절대로 공짜로 일해 주는 놈이 아니다.

당연히 이런 위험도가 높은 일을 하려고 할 때면 저 돈보다 더 많이 받았으면 받았지, 덜 받을 놈은 아닌 것이다.

"더군다나 너를 알고 있다는 것 자체가 문제가 있는 사람이라는 거 아니야?"

남상진은 브로커다.

그를 단순한 직장인으로 알고 있는 사람이 이런 부탁을 할 리 없다.

즉, 남상진이 브로커라는 걸 의뢰인도 알고 있다는 뜻이다.

그가 자기가 브로커라고 사방에 소문내고 다닐 리는 없으니, 결국 더러운 일이 꼬였다고 봐야 한다.

"역시 능력 있는 놈이야."

남상진은 히죽거리면서 웃었다.

"그런데 왜 내가 너의 조건을 받아들여야 하지?"

"너, 최재철과 사이가 안 좋지 않나?"

노형진은 속으로 움찔했다.

하지만 겉으로는 태연한 척했다.

"아니, 전혀."

"전혀라고? 너는 어떨지 모르지만 저쪽은 그렇게 생각하지 않는 모양이던데."

"글쎄."

노형진은 그렇게 말하면서도 침음성을 삼켰다.

'슬슬 눈치채고 있는 건가?'

하긴, 자신에게 엿을 먹이는 사건마다 새론이라는 존재가 등장했으니 정상적인 상황이라고 할지라도 좋아할 리 없다.

'그리고 최재철의 성격을 봐서는 자기 마음에 안 들면 무슨 해코지를 할지 모르고.'

더군다나 지난번에 팔각수를 제대로 흔들었다.

사실상 팔각수는 해체 수순을 밟고 있다.

자신은 완벽하게 감춘다고 노력했지만 어디서 새어 나갔는지 알 수도 없다.

"내가 그쪽 눈을 좀 가려 주지."

"뭐?"

"적당히 힘을 쓰면 시간 좀 끄는 거야 어려운 게 아니지. 어때?"

"으음……."

혹하는 조건이었다.

사실 노형진도 많이 준비했다고 하지만 아직 최재철은 정권의 실세다.

"더군다나 같은 정당 아닌가?"

확실히 그렇다.

무슨 부탁인지 모르지만 그걸 해결해서 정당에 타격을 준다는 것은 최재철에게 타격을 준다는 것이나 마찬가지.

"소송이 아니면 뭔데? 뭔가 털어 달라는 건가?"

"비슷하지."

남상진은 입을 열었고, 노형진은 그 말을 듣기 시작했다.

"정당이라고 표현하기는 했지만 최종 대상은 최만순이라고 불리는 남자야. 진짜로 정당을 날려 달라는 건 아니니까 그런 표정 짓지 말라고. 그는 좋게 말하면 사업가지만, 나쁘게 말하면 깡패지."

"전국구니 하는 그런 애들?"

노형진은 어이없다는 듯 물었다.

그러나 남상진은 고개를 흔들었다.

"그런 뒷수습도 하는 멍청한 놈한테 무기를 팔 리가 있나? 그러다가 총격전이라도 벌어지면 어쩌려고 그러겠어?"

"무기? 잠깐, 무기라고 했나?"

"그래."

남상진이 파는 무기라면 칼이니 활이니 하는 건 아닐 것이다.

당연히 총이나 다른 화력 무기들일 텐데, 그걸 민간인한테 팔았다고?

"너 미친 거냐?"

"미치진 않았다. 문제가 되지 않을 곳이었으니까, 그때는. 아니, 이런 식으로 문제가 될 줄은 몰랐지."

어깨를 으쓱하는 남상진.

"하여간 네가 생각하는 그런 곳은 아니야. 문제가 안 될 곳이니 팔았지."

"깡패라면서? 그러면 정당이랑 연결된 정치 깡패 아냐?

그런 애들이 문제가 안 될 거라고?"

"일종의 친위대야. 정치적 친위대."

"정치적 친위대? 그런데 무장까지 했다면 사실상 사병 조직이잖아? 너 미친 거냐? 한국에서 사병 조직을 그냥 둬?"

"그 정도까지는 아니야. 무장을 주기는 했지만."

어깨를 으쓱하는 남상진.

하지만 아무리 양이 적다고 해도 결국 무장한 것은 맞다.

"누가 주도한 거야?"

"나야 모르지."

어깨를 으쓱하는 남상진.

노형진은 더 이상 묻지 않았다.

물어봐야 알려 줄 리 없으니까.

'모를 리 없지.'

하지만 상대방은 정치적 친위대를 무장시킬 정도의 세력을 가지고 있다. 그렇다면 절대로 만만한 자가 아닐 것이다.

남상진이 바보도 아니고, 그런 사람의 신분을 알려 줄 리 없다.

한국에서 그런 정치적 무장 친위대를 비밀리에 운영할 수 있는 사람은 아무리 넓게 봐도 열 명 이내일 테니.

아무리 브로커인 남상진이라고 해도 그런 자와 안 좋게 엮이는 건 곤란할 테니까.

"도대체 왜 정당이라는 곳이 사병 집단을 가지고 있는 거야? 아무리 가지고 있어 봐야 군대에는 상대가 안 될 텐데."

"사병이라기보다는 경비원이라고 해야 할걸."

"경비원?"

"그래. 지킬 게 많은 사람은 불안한 법이잖나?"

노형진은 순간 입을 다물었다.

과거, 아니 미래에 있을 일이 생각났던 것이다.

그리고 그 당시 돌았던 소문.

모 정당이 최소 수천억이 넘는 돈을 현금으로 모아 두고 있다는 소문.

'소문이 사실이었나.'

모 정당은 돈이 많기로 유명하다.

그들은 소위 관권 시위라고 하는, 사람을 동원해서 시위하는 행동을 많이 했는데, 그때마다 엄청난 인력을 돈을 주고 동원했다고 한다.

매번 수억씩 그렇게 뿌리면서도 그 돈이 어디서 나오는지는 절대로 드러나지 않았다.

어떤 식으로든 계좌에서 나왔다면 티가 나야 하는데 말이다.

'차로 수백억씩 뇌물을 받던 곳이니……'

그런 곳에서 모아 둔 돈이 얼마나 많을지는 아마 그 누구도 모를 것이다.

소문으로는 최소 천억 단위를 넘어 조 단위라고 하던가?

'문제는 그걸 지키는 거지.'

아무리 일부는 감출 수 있다고 해도, 그 정도 돈을 금융실명제 아래에서 몰래 은행에 보관하는 데에는 한계가 있다.

그렇다고 도심지 한복판에 은행에 보관하면 '우리 정당은 뇌물을 적극적으로 받습니다.'라고 만천하에 떠벌리는 거나 다름없다.

한두 푼도 아니고 조 단위의 돈을 어디다 보관하겠는가?

'현금으로 보관해 둔다는 소문이 있었지.'

잠깐 돌았던 소문.

현금이라면 바로 쓸 수도 있고 계좌에 넣어 둘 필요도 없고 세탁할 이유도 없다.

어차피 기업들이 뇌물을 줄 때는 현금으로 주는 게 보통이니까.

거대 기업이 한 해에 수백억의 뇌물을 가져다 바치는 게 현실이니, 그들이 권력을 잡은 기간을 생각하면 못해도 조 단위는 가뿐하게 넘을 것이다.

'그런 곳이라면 무장 세력을 동원해서 돈을 지키는 것도 이상한 일은 아니다.'

물론 쿠데타를 벌이거나 할 정도는 아니겠지만, 어지간한 도둑들은 들어오는 순간 벌집이 될 것이다.

'잡았다고 해서 신고할 수 있는 것도 아닐 테고.'

신고하는 순간 '여기에 돈이 있습니다.'라고 하는 꼴이니 잡히면 그냥 조용히 죽여 버리는 방법밖에 없을 것이다.

그런데 그런 놈들과 총격전이라니.

'미쳤군.'

노형진은 자신도 모르게 고개를 절레절레 흔들었다.

더군다나 남이 죽든 말든 신경도 쓰지 않는 남상진이 끼어 든다는 것은, 다른 이유가 있다는 것이다.

그리고 노형진은 그 다른 이유가 뭔지 어렵지 않게 예측할 수 있었다.

복수, 그리고 거기에 끼어든 남상진, 거기에 총격전까지.

"복수를 부탁한 놈이 전에 관리하던 놈이었나 보군."

"허?"

"틀렸나?"

"아니, 너무 잘 맞혔는데? 변호사가 아니라 무당을 해야 하는 거 아닌가?"

"점을 봐서 아는 게 아니라 지금 상황이 너무 뻔한 거다."

전에는 문제가 되지 않아서 무기를 공급했다고 했다.

하지만 갑자기 돌변해서 남상진이 이런 위험한 복수를 도 와주고 있다.

거기에다 상대방은 한때 거래했던 곳.

브로커인 그가 그런 행동을 한다는 것은 한 가지 의미뿐이다.

상대방이 통제에서 벗어났다는 것.

"누군지 모르지만 미친놈이 들어간 모양이군."

"역시 네놈은 말이 통해서 좋아."

남상진은 만족스러운 표정이 되었다.

사실 미친놈이 들어가면 남상진도 곤란하다.

그가 사고를 치면 무기를 구해 준 녀석도 추적할 텐데, 그러면 자신이 걸릴 수 있기 때문이다.

노형진은 모르지만 남상진은 만구파에 무기를 공급했던 브로커를 알고 있었다.

만구파에 무기를 구해 줬던 녀석은 결국 해외로 뜬 것만으로도 부족해서 인터폴에 수배가 떨어지고 미 정보부에서도 테러 지원자로 찍혀 버리며, 브로커로서의 커리어를 모조리 날려 버리고 평생 도망만 다니는 처지가 되지 않았던가?

정당이고 경비 목적으로 쓸 거라고 해서 구해 줬는데 완전 통제 불능이 된 상황.

그렇다면 자신도 어떻게 해서든 무마해야 한다.

"도대체 얼마나 무장한 거야?"

"내가 준 것만 자동소총이 마흔 개에 수류탄이 여든 개야. 탄환도 당연히 넉넉하게 챙겨 줬지. 의외로 총알이 비싸거든."

"미친놈. 쿠데타 세력이라도 키우려고 한 거냐? 그게 무슨 경비원이야. 소총 마흔 정이면 일개 소대 분량이잖아! 너, 말하지 않은 거 또 있지? 그것만 있는 거 아니지?"

"레일 시스템과 방탄복 그리고 야시경 같은 건 기본이지. 미국 레인저 소대를 기본으로 일개 소대 무장 분량이라고 보면 된다. 물론 내가 구해 준 것만 그만큼이라는 거고, 다른 거래처가 있었다면 그건 내가 모르는 거고."

"너 지금 미친 거냐? 그게 자랑할 거리야?"

"미친 게 아니라 당연한 거다. 난 브로커야, 돈만 된다면 뭐든 하는. 너처럼 착해 빠진 놈이 아니라는 걸 알아야지."

"끄응…….."

노형진은 머리가 지끈거렸다.

미국의 레인저 소대 일개 소대의 병력이라고 한다면 한국 군 일개 소대랑은 질적으로 완전히 다르다.

조준경과 레일 시스템이 장착된 소총, 방탄복과 방탄모, 그리고 수많은 군사물자.

'미친놈. 그 애들이랑 알보병을 어떻게 비교하라고.'

만일 남상진의 말대로라면, 그 정도면 속칭 '알보병'이라고 하는 한국 군대 일개 대대 이상과 교전해도 절대 밀리지 않을 숫자다.

'당연히 훈련도도 남다를 테고.'

이건 법적으로 어떻게 할 수 있는 게 아니다.

신고해 봐야, 그 정도 돈이 있다면 정치권에서 필사적으로 보호할 것은 당연한 일.

"참 당혹스러운 사건이군. 하아."

노형진이 고민하든 말든 남상진은 품에서 한 장의 사진을 꺼냈다.

"이자가 최만순이다. 그 집단의 일종의 사령관 같은 녀석이지. 사실상 그곳에서는 왕이라고 보면 된다."

사진 속의 남자는 의외로 멀쩡해 보이고 미소가 은은한 젠틀한 모습이었다.

하지만 그 아래로는 상당한 운동한 것이 티가 나는, 소위 말하는 슈트 핏이 살아 있는 몸이 보였다.

"이 녀석이 그 골칫거리냐?"

"그래, 화력 덕후에 타고난 군인이지. 문제는 사람 목숨을 갯값으로 안다는 거야."

"갯값?"

"그래. 전임자랑 너무 다르지."

전임자는 총기를 가지고 있기는 했지만 말 그대로 그냥 자위용이었다.

무장하는 병력은 최소한으로 하고, 나머지는 총기 보관대에 보관했다.

그리고 주변에 경비들을 순찰시켜서 접근하는 사람들을 쫓아냈다.

그러니 총기가 걸릴 일도 없었고, 접근하는 사람들도 사유지라고 하니 그냥 조용히 나갔다.

"그런데 이놈은 뭐가 문제인데?"

"일단 조준 사격."

"뭐?"

그는 리더가 된 후에 모든 병력을 완전무장 시켰다.

순찰 시에도 무장시키고, 접근하는 모든 사람에 대한 사살을 명령했다.

"그러면 문제가 안 될 수가 없잖아?"

민간인이 총에 맞아 죽으면 한국이 발칵 뒤집힐 것이다.

그런데 그 무슨 말도 안 되는 짓거리란 말인가?

"지난 2년 사이에 그 지역에서 발생한 실종 사건만 세 건이다."

"큭."

여기서 실종이라는 것은 단순히 사라진 게 아닐 것이다.

상식적으로 총 맞은 사람을 병원으로 데려가면 난리가 날 테니까.

모든 병원은 총상 환자가 들어오면 정부에 신고하도록 되어 있다.

그렇다면 답은 정해져 있다. 어딘가에 묻어 버린 것이다.

"그런 놈을 그냥 둔다고?"

"믿을 만하니까."

"큭."

노형진의 입에서 절로 비웃음이 흘러나왔다.

무슨 뜻인지 알아들었기 때문이다.

어떤 사람에게 큰 결격사유가 있다면, 그걸 감춰 주는 것만으로도 충성을 바치는 경우는 흔하다.

애초에 돈 좀 있는 놈들이 사람 목숨을 갯값도 안 되는 취급 하는 게 어디 한두 해 일인가?

"그런데 그걸 모른 척해 주는 대신에 고용한다 이거지?"

"다른 건 몰라도 실력 하나는 확실한 놈이거든."

원래 한국에서도 특전사로 있던 놈이었고, 그 후에 미국에 가서도 미국 시민권을 받기 위해 미군에 입대해 복무한 경험이 있다.

그 와중에 이라크에 파병되어서 실전 경험도 있고, 실제로 인간을 죽여 본 경험도 있다.

"골치 아픈 녀석이군."

"그래."

"이런 사건을 나한테 가지고 오다니. 그래 놓고 3억이라고? 너무 적은 거 아냐?"

"이건 내가 내는 게 아니야. 하기 싫으면 말든가. 하지만 한국에서 미친 듯이 총격전이 벌어지겠지. 민간인이 휘말릴 수도 있고."

노형진은 히죽 웃는 남상진의 얼굴을 후려치고 싶은 마음을 간신히 억눌렀다.

결국 자기는 아무런 손해도 보지 않고 움직인다는 소리다.

'하긴, 원래 그런 놈이었지.'

필요에 따라서 손잡고 있기는 하지만 남상진은 결코 착한 사람이 아니다.

사람을 죽일 무기를 팔아먹는 놈이 자기 돈을 들여서 사람을 구해 주기를 기대한다는 것부터가 말도 안 되는 소리였다.

"어쩔 거야?"

"거부권이 없는 것 같군."

지금이야 잘못 들어온 사람을 죽이는 것으로 만족할지 모르지만, 점점 그 정도에 그치지 않게 될 가능성도 충분하다.

사실 단순 경비만을 목적으로 한다면 전임자의 방법이 제일 좋다.

그런데 완전무장 상태로 경비를 서게 한다는 것은, 그 스스로에게 살인자로서의 충동이 있다는 소리다.

우연히 들어오는 몇 명 표적 삼아 해치워 봤으니, 그럼에도 불구하고 문제가 생기지 않는다면 자연스럽게 납치 쪽으로 돌아서기 시작할 것이다.

"일단은 알아보도록 하지."

노형진은 한숨을 푹 쉬면서 말했다.

왠지 이번에는 진짜로 골치 아픈 일에 발을 집어넣는 것 같았다.

⚖

"음……."

자신이 혼자서 할 수 있는 수준의 일이 아니기에 노형진은 주변 사람들을 불러서 회의에 들어갔다.

그리고 다들 얼이 빠진 얼굴이 되었다.

"그게 가능한가?"

"불가능한 건 아니지요. 실제로 사용이 안 될 뿐이지, 시중에 총기가 일부 있다는 건 널리 알려진 사실 아닙니까?"

"그건 그렇지."

김성식 변호사는 한숨을 푹 쉬며 말했다.

"좀 규모가 있는 조폭들은 권총 정도는 가지고 있다고 봐야 하니까."

러시아에서 들어오는 배에 탄 선원들이 몰래 권총을 가지고 와서 파는 것은 흔한 일이었다.

그럼에도 불구하고 총기 사고가 터지지 않는 건, 권총이 사용되면 그때는 경찰이 단순 체포가 아니라 사살을 목적으로 움직이기 때문이다.

'하지만 그럼에도 불구하고 결국 터지지.'

아직은 벌어지지 않았지만 미래에 그렇게 권총과 실탄을 가진 사람이 경찰과 총격전을 벌여서 한 명을 죽게 만들기까지 한다.

"한국이 마냥 치안이 좋은 나라는 아니니까."

이런 말을 하면 사람들은 뻥이라고 생각할지도 모른다.

하지만 권력의 이면은 더욱 더럽고 추잡하다.

이권을 위해 개인 경호 세력을 가지려고 하지 않는다는 게 더 웃긴 일이다.

"인간은 언제나 힘을 추구하는구나."

손채림은 왠지 힘없이 중얼거렸다.

송정한 역시 침묵을 지키다가 조심스럽게 말했다.

"우리도 따로 정보 팀을 돌려야 하는 거 아닌가?"

일하는 건 좋은데 아무래도 너무 가진 정보가 부족했던 것이다.

역시 걱정되는 일인 만큼, 본격적으로 나서는 쪽으로도 생각을 하고 있는 듯했다.

하지만 노형진은 고개를 흔들었다.

"이번 일에 대해 고문학 씨가 해 줄 수 있는 건 없을 것 같네요. 저들은 무장 단체입니다. 그러니 음지에서 활동했을 가능성이 아주 높지요. 그들에게 걸리면 인명 피해가 생길 수도 있습니다. 일단 주변에 실종자가 있었다는 것 자체가 우연은 아닌 것 같으니까요."

"으음……."

그동안 정보 팀이 많이 노력했지만 이번에 상대하는 놈들은 너무 위험하다.

더군다나 그런 무력을 가지고 있는 놈들이라면 정보 라인도 있으리라는 점을 감안해야 한다.

"섣불리 움직이다가 발각되면 그들은 살인도 불사할 겁니다."

"으음……."

아무리 정보 팀이 위험한 직업이라고 하지만 살인도 불사하는 미친놈들에게 함부로 접근하라고 할 수는 없다.

"그러면 어쩔 건가? 정보도 없이 어떻게 접근하려고?"

"저에게도 나름의 방법이 있습니다."

"나름의 방법?"

"네."

다들 더 이상 말하지 않았다.

노형진이 나름의 정보 팀을 가지고 있다는 것은 알고 있기 때문이다.

물론 실제로는 정보 팀이라기보다는 개인의 능력이지만.

"일단은 그 주변을 조사하면서 알아봐야겠네요."

노형진은 이 사건이 불러올 바람을 생각하면서 눈을 찌푸리며 말했다.

⚖

"미국 시민권자라고?"

"네."

안전한 선에서 최만순에 대해 알아 온 것은 그가 미국 시민권자라는 정도였다.

그 정도는 예상하고 있었던 일이다.

미국 시민권을 얻기 위해 미군에 입대하고 이라크전까지 갔던 사람이니까.

"그거 말고는 없나요?"

"더 이상은 아무래도 위험한 것 같아서요."

"위험하기는 할 겁니다. 그래서 제가 가능하면 깊숙하게 들어가지 말라고 한 거구요."

"단순히 그 정도가 아닙니다. 주소지에 가 봤더니, 강바닥이었습니다."

"강바닥?"

"네."

"음……."

그가 죽어서 강에 던져졌다는 식의 조크가 아니라면 말 그대로 주소지조차도 가짜라는 소리다.

'하긴, 그럴 만하지.'

노형진은 눈을 찌푸렸다.

'이거, 처음부터 막히는데?'

원래 계획은 자신이 그의 집에 들어가서 그의 기억을 읽어 내는 것이었다.

아무리 군사 조직을 이끌어도 집 안에서는 방심할 거라 생각했으니까.

'아예 거기서 먹고 자는 모양이군.'

사실 이해가 가기는 한다.

살인 충동이 있는 군인 출신의 경비대장.

그런 사람이라면 위험하게 다른 사람들과 섞여서 사느니

차라리 자기가 통제할 수 있는 부하들과 함께 사는 쪽을 택할 가능성이 높다.

군인 출신 범죄자들이 많이 보이는 증세가 바로 통제에 관련된 집착이니까.

'이러면 접근하는 게 곤란한데.'

물론 그 아지트에 있는 다른 멤버들에 대해 알면 좋겠지만, 자신들이 아는 멤버가 없다.

남상진도 멤버들의 이름을 알지는 못했다.

"현장으로 가는 건 어떨까?"

손채림은 그게 가장 빠를 거라 생각하고 말했다.

하지만 노형진은 고개를 흔들었다.

"그건 무리일 것 같아."

현장이 어디인지는 이미 알고 있다.

애초에 총격전까지 감안하고 있었던 남상진인 만큼 그들의 위치도 알고 있다.

위치를 모르면 무기를 넘겨 줄 수도 없었을 테니까.

하지만 그곳은 우연히라도 들어갈 수 없는 산속이다.

"그곳으로 들어가는 유일한 길은 폐쇄되어 있어. 그리고 바로 옆에 군부대가 있고."

"헐, 군부대에서 거기를 안단 말이야?"

"안다기보다는 일종의 보안 시설로 인식하는 모양이야."

그런 만큼 비상시 군인들이 와서 그곳을 지원할 가능성도 충분히 존재한다.

"더군다나 유일한 통로인 만큼 곳곳에 카메라와 감시인이 있겠지."

"음……."

"입구는 평소에 철문으로 폐쇄되어 있고 말이야. 우연히 들어갔다고 거짓말할 수 있는 공간도 아니거니와, 설사 우연히 들어간다고 해도 그들의 감시를 피해서 접근하는 건 불가능할 거야."

"도대체 그런 곳을 만드는 데 돈은 얼마나 들어간 거야?"

"그렇게 많지는 않아."

대부분의 건물은 조립식이고 입구는 하나뿐이다. 거기에다 길이 닦여 있는 것도 아니고.

"뭘 하든 가장 비싼 게 땅값이니까."

산속, 그것도 군대 옆에 있는 땅을 누가 사겠는가? 그러니 땅값은 터무니없이 쌀 수밖에 없다.

"머리를 잘 쓴 거지."

훈련한다고 해서 총을 쏘고 폭탄을 터트린다고 한들 주변에서는 군부대에서 한다고 생각할 테고, 군대에서는 보안 시설에서 훈련한다고 생각할 것이다.

"아니, 군대에서 그걸 모른다는 게 말이나 돼?"

"어렵지 않아."

지을 때 군대의 지휘관을 포섭하면 된다.

그러면 그는 후임에게 보안 시설이라고 할 테고, 그렇게 군 전체에 입으로 입으로 전해질 것이다.

"1급 보안이라는 게 웃긴 거거든."

　보안 시설이라 서류를 남기지 못해 구두로 넘긴다는데 뭐라고 하겠는가?

　게다가 부대 지휘관의 보안 등급이 높아 봤자 특급 보안 자료를 볼 자격은 되지 않을 테니 구두로 넘어가는 것을 믿을 수밖에.

"실제로 그런 일이 있었고."

"뭐?"

"그래, 그것도 영국에서 말이지."

"헐, 진짜?"

"그래."

　어느 놀이공원 앞에서 유료 주차장이 운영되고 있었는데, 그곳을 놀이공원은 정부에서 운영하는 줄 알았고 정부는 놀이공원이 운영하는 줄 알았다.

　그런데 어느 순간 갑자기 열지 않아서 조사에 들어갔는데, 그 땅이 정부의 것은 맞으나 쓰이지 않고 있던 것을 누군가가 몰래 그 위에 주차장을 만들어 막대한 수익을 내고는 도망갔다는 것이 밝혀졌다.

"무려 30년이 넘게 수익을 냈지. 수익이 수십억이 가뿐하게 넘었을걸."

"설마."

"설마가 아니야. 한국에서 해외에 있는 자산을 관리하지 못해서 땅을 빼앗긴 경우도 허다해."

말도 안 되는 소리지만, 때로는 이런 식으로 주먹구구로 돌아가는 것이 정치판이다.

"거기에다 정치가 끼면 묻는 것 자체가 금기시되어 버리지."

"그러면 거기에 접근할 수 있는 방법이 없는 거야?"

"현재로서는."

마음 같아서는 당장이라도 쳐들어가고 싶다.

하지만 정말로 마음대로 쳐들어갈 수는 없는 노릇.

"그러면 어쩌지? 그냥 두고 봐야 하나? 그럴 수는 없잖아."

"흠……."

노형진은 턱을 문질렀다. 어쩌면…….

"가면을 쓰는 건 어떨까?"

"가면? 가면을 쓴다고 그들이 들여보내 줄까?"

"아니, 그게 아니라, 그들이 들여보내 주는 사람이 있잖아."

"누구?"

"거래상."

"거래상?"

"그래. 그라면 충분히 들어갈 수 있지, 후후후."

“나쁜 놈.”

“너한테 들을 말은 아닌데?”

노형진과 남상진은 천천히 입구로 향하고 있었다.

그곳으로 들어갈 수 있는 사람. 그 사람은 다름 아닌 남상진이었다.

그는 몇 번이나 무기를 팔았다.

그러니 좋은 무기가 있다고 하며 들어가는 게 불가능하지는 않을 것이다.

“그렇다고 날 끼워 넣어?”

“싫으면 그냥 있든가. 물론 그 대신에 내가 널 까발리겠지.”

“큭, 이렇게 주객이 바뀔 줄은 몰랐군. 한때는 같잖은 녀석이었는데.”

“그게 인생의 묘미지.”

처음 만났을 때는 남상진이 압도적인 우위에 있었지만 지금은 아니다.

노형진이 그를 까발리면 그의 인생은 박살 나기 때문이다.

물론 아직은 저쪽 세계의 인맥도 필요하기 때문에 그냥 두고 있을 뿐.

“나한테만 목숨 걸게 만들려는 뻔한 속셈을 모를 줄 알아?”

"큭."

본래 남상진은 뒤로 슬쩍 빠져 있으려고 했다. 일이 틀어져도 자신은 모른 척하려고 말이다.

하지만 이제는 그렇게 할 수가 없다.

자신과 노형진이 함께 들어가야 하니까.

"걱정하지 마. 별일 없을 거야."

"그러기를 바라야지."

남상진은 문 앞에서 멈춰 차에서 내렸다.

그리고 두꺼운 철문 앞에 서서 위쪽에 매달린 카메라를 바라보며 말했다.

"남상진입니다."

짧은 말이었지만 잠시 시간이 지나자 문은 자동으로 천천히 열렸다.

노형진은 그걸 보고 혀를 내둘렀다.

'일반 차량으로는 못 뚫겠는데?'

문 너머는 보이지 않기 때문에 철문만 보고 쉽게 뚫을 수 있겠다 생각하는 사람도 있을 수 있다.

사실 철문 자체는 두껍지 않다. 오래되고 녹까지 생긴 문이다.

하지만 문이 열렸을 때, 그 너머에서 강철로 된 스파이크가 천천히 양옆으로 들어가는 것이 보였다.

힘으로 뚫겠다고 차로 밀어붙였다면, 문은 뚫을 수 있을지 모르지만 다음 스파이크에 걸려서 차는 멈췄을 것이다.

'거기에다 강철 기둥까지?'

마지막에 스윽 들어가는 끄트머리를 보니 스파이크를 넘어가도 강철 기둥이 입구를 막고 있어서 차량으로 들어가는 것은 불가능했다.

"오랜만이시군요. 어쩐 일이신가요?"

"전에 부탁하신 물건이 들어와서요."

숲에서 나온 남자가 접근해서 목적을 묻더니 남상진의 말에 고개를 끄덕거렸다.

"들어가시지요. 차량은 저희가."

"네."

남상진이 차 키를 넘기자 다른 사람이 나타나 받더니 문 앞으로 사라졌다.

그리고 숲 너머에서 은폐된 공간에서, 골프장에서 흔하게 보이는 카트가 그 모습을 드러냈다.

"타시지요."

그걸 타고 들어가면서 노형진은 주변을 바라보았다. 그리고 혀를 내둘렀다.

'지독하군.'

사방에 카메라가 깔려 있고, 유일한 통로는 녹색의 그물망으로 덮여 있었다.

이런 식으로 되어 있으면 항공사진으로도 찍히지 않을 가능성이 높다.

'도대체 얼마나 감춰 둔 거야?'

돈을 얼마나 감춰 놨는지 알 수는 없지만 이 정도면 거의 요새라고 할 수준이다.

'무장도 충실하고.'

노형진은 자신을 바라보는 사람들을 슬쩍슬쩍 살피면서 침을 삼켰다.

그들은 하나같이 소총으로 무장하고 있었다.

아마도 남상진이 구해다 준 소총일 것이다.

'거기에다 탄알도 충분하고.'

속칭 '특전 조끼'라고 불리는 조끼에는 탄창이 여덟 개가 들어간다.

그곳이 불룩한 것을 보니 그 안에 탄창을 넣어 놨을 게 분명했다.

'미친놈.'

그걸 아무렇지도 않게 바라보는 남상진을 보면서 노형진 은 하마터면 눈을 찌푸릴 뻔했다.

그러나 애써 평온한 얼굴로 가만히 있었다.

그렇게 얼마나 움직였을까?

사람들이 그 앞을 지키고 있는 단층 건물이 보였다.

'저 사람이군.'

"오, 남상진 군. 오랜만이야."

최만순은 두 손을 들어서 남상진을 환영했다.

누가 봐도 평범한 남자였다.

"오랜만입니다, 회장님."

"그래, 들어가지."

"네."

"그런데 이쪽은?"

의심스러운 눈빛으로 노형진을 바라보는 최만순.

"미국 쪽에서 일하는 브로커입니다. 아무래도 물건이 물건이다 보니까요."

"오, 그렇군. 반갑습니다. 최만순이라고 하오."

능숙한 영어로 인사하는 최만순.

아마 의심이 가니 브로커가 맞는지 확인하려고 한 모양이었다.

미국에서 군 생활을 했으니 영어에도 능통할 테니.

"윌리엄 리라고 합니다. 이렇게 만나 뵙게 되어 반갑습니다."

하지만 노형진도 영어를 못하는 게 아니었기 때문에 자연스럽게 대꾸했다.

그러자 최만순은 한결 의심이 가신 표정이 되었다.

"들어가시죠."

"네."

그를 따라가면서 노형진은 입맛을 다셨다.

'칫.'

기억을 읽고 싶었지만 너무 찰나의 순간이었기 때문에 그럴 수가 없었다.

설사 읽었다고 해도 내부의 비밀에 대한 기억을 읽어 내는 것은 불가능했을 것이다.

"이쪽으로."

노형진은 발걸음을 옮기면서 주변을 확인했다. 역시 이곳도 혀를 내두를 수준인 것은 마찬가지였다.

'완전히 철벽인데?'

창문으로 보아하니 상당히 두꺼운 벽을 가지고 있었다.

아마 창문 자체도 방탄이 되어 있을 가능성이 높았다.

그리고 각 창문에는 작은 구멍이 하나씩 있었는데, 누가 봐도 총구를 바깥으로 내놓고 쏠 수 있는 구조였다.

평소에는 막아 두다가 비상시에 열 수 있는 모양이었다.

하지만 그곳을 지키는 사람이 없는 걸 보니 전임자가 설치한 장비인 듯했다.

'지붕은 녹색망으로 가려 두고. 거기에 나뭇잎으로 위장까지 해 놨군.'

길도 그렇고 집도 그렇고, 이렇게 해 두면 누가 봐도 이 지역은 그냥 숲의 일부로 보일 가능성이 높다.

'저곳은 방인가 보군.'

1층을 보던 노형진은 왠지 한숨이 나왔다.

1층의 구조를 봐서는 아무리 봐도 사람들이 사는 공간밖에 나올 수가 없었던 것이다.

그렇다면 남은 것은 단 하나뿐이다.

'이곳은 단층 건물이다. 그렇다면 남은 것은 지하군.'

사실 뭘 보관하든 지하는 효율적인 공간이다.

입구는 하나뿐이니 들어오는 것도 나가는 것도 극도로 제한되기 때문이다.

더군다나 입구를 작게 만들면 들어갔다 나오는 것만도 상당히 힘든 일이 될 테고.

'지하로 들어가려면 무장하고 있는 경비 병력을 뚫어야 하니, 도둑이 들어올 수 있는 구조는 아니군.'

아마도 입구가 어딘지 모르지만 그 입구를 지키는 다른 뭔가도 있을 가능성이 높았다.

"그나저나 그 물건은 쉽게 구하지 못할 거라 생각했는데?"

"아무래도 좀 곤란하기는 하지요. 국제적인 규제 품목 아닙니까?"

"그렇기는 하지."

최만순은 고개를 끄덕거렸다.

"그나저나, 윌리엄 리라고 했나? 한국인 같은데 어떻게 미국에서 활동하는 거지?"

"네? 아, 죄송합니다, 다른 생각을 좀 하다가. 뭐라고 하셨죠?"

갑자기 질문이 자신에게 돌아오자 노형진은 살짝 당황해

서 물었다.

"미국에서 어떻게 활동했느냐고."

"아. 한인 2세입니다."

"아하, 그렇군. 그런데 물건은 어디서 구한 거지? 미국에서도 그걸 구하는 게 쉽진 않을 텐데?"

노형진은 침을 꿀꺽 삼켰다.

'젠장, 무슨 물건인지라도 알아야 말이지.'

남상진이 말해 주지 않았으니 딱히 뭐라고 대꾸할 수가 없었다.

그렇다고 질문을 받고도 아무 말 하지 않으면 의심할 건 뻔한 일.

'망할 새끼. 엿 먹어라 이건가? 잘못 걸리면 자기 목도 날아가는 거 아는 거 맞아?'

희미한 미소를 보이는 남상진을 보던 노형진은 열심히 머리를 굴렸다.

'힌트는 이 안에 있을 거야……. 아까 기억에서 읽어 내지 못했으니…….'

그는 뭔가를 남상진에게 구해 달라고 했다. 그리고 남상진은 그걸 한국에서 구하기 힘들다고 했고, 국제적 규제 상품이라고 했다.

'대량 살상 무기? 그건 아니야.'

아무리 간땡이가 부은 녀석들이라고 해도 그들은 기본적

으로 경비다. 그런 녀석들이 대량 살상 무기를 가지고 있을 이유가 없다.

남상진이 바보도 아니니 그런 걸 팔 리도 없고.

'결국 방어용으로만 쓰는 거라는 건데…….'

국제적으로 제한된 방어용 무기가 있을 리 없지 않은가?

방어용이라면 제한될 이유가 없으니까.

'백린도 아닐 테고, 가스도 아닐 테고…….'

"뭘 그리 생각하나?"

"아…… 죄송합니다."

노형진이 대답하지 않자 의심스러운 시선으로 바라보는 최만순.

그러자 그 이상 장난치는 건 위험하다고 생각했는지 남상진이 끼어들려고 했다.

"그건…….''

그 순간 노형진의 머릿속에서 한 가지 물건이 떠올랐다.

국제적으로 규제되는 방어용 물건. 그리고 이러한 집을 지키는 데 아주 최적화된 물건.

그게 생각난 것이다.

"사실, 아프가니스탄에서 구했습니다. 소련 쪽에서 흘러나온 물건이지요."

"호오? 구소련 말인가?"

"네. 그쪽 사정은 아시지요?"

"알지. 그쪽 동네가 아주 지뢰밭이지."

"소련이 몰락하면서 군수물자가 많이 흘러나왔지요. 아직 재고가 좀 있더군요."

"그래? 뭐, 지뢰야 단순한 물건이니 미국 것만 쓰라는 법은 없지. 구소련제라고 해도 쓸 만하다면야."

히죽 웃는 최만순.

'휴우.'

노형진은 안도의 한숨을 내쉬었고, 남상진은 그런 그를 의외라는 표정으로 바라보았다.

'개자식.'

지뢰. 그건 확실히 방어용 물건이다.

애초에 아무도 오지 않는다면 터지지도 않으니까.

문제는 지뢰에는 눈이 달려 있지 않다는 것.

민간인과 군인 구분 없이 밟으면 무조건 터진다.

그래서 협약에 의해 지뢰는 전 세계적인 통제 대상이다.

한국에서는 지뢰가 흔하게 보여서 잊기 쉽지만 말이다.

한국은 전쟁 중인 국가이므로 그 지뢰 규제 협약에 속하지 않지만 다른 나라에서는 상당히 통제되는 물건이다.

"수량은?"

"발목 지뢰로 여든 개 정도 됩니다."

"충분하군."

고개를 끄덕거리는 최만순.

'미친놈.'

노형진은 속으로 조용히 그를 욕하면서도 이끄는 대로 얌전히 그를 따라갔다.

"들어오게."

회의실로 들어가 노형진에게 자리를 권한 그는 맞은편에 앉아서 손에 깍지를 끼면서 입을 열었다.

"자, 그러면 거래를 시작할까?"

뭐든 다 하는 북한

"지뢰?"

"네. 집 주변에 설치할 것 같더군요."

"미친놈들 아닌가?"

얼굴이 핼쑥해지는 송정한.

지뢰를 설치하면 누가 다칠지 모른다. 그렇다고 그들이 다친 사람을 병원으로 데려가지는 않을 테고.

"하지만 지뢰를 설치하면 확실히 방어는 쉬워지지요. 물론 지뢰를 설치하는 순간 경비라고 볼 수는 없지만요."

"경비 병력이라면서? 그냥 지키는 걸로 충분한데 도대체 지뢰는 왜 설치하려는 거야!"

"군사적으로 유리하니까요."

지뢰가 있으면 상대방은 접근 통로가 한정될 수밖에 없다. 지금도 접근을 막는 데에는 충분하지만 말이다.

"지뢰를 진짜로 줄 거야?"

"없는 지뢰를 줄 수는 없지요."

노형진은 어깨를 으쓱했다.

"일단 밀수해서 들어오니 두 달은 걸릴 거라고 이야기해 놨습니다. 그걸 화물 탁송으로 가지고 올 수는 없으니까요."

시간은 벌었다. 중요한 것은 그 이후다.

"문제는 그 아래에 있는 돈입니다."

"음……."

노형진이 꺼낸 가방. 그 안은 달러로 가득 차 있었다.

한화로 대략 10억.

지뢰 여든 개의 값으로는 터무니없이 비싼 값이다.

그런데 그들은 말을 꺼내기 무섭게 현금으로 지급했다. 그것도 요구하는 대로 달러로.

"바로 지불하더군요."

"그러면 우리 예상이 맞았다는 소리군."

"네, 그럴 겁니다."

정당을 지탱하는 어마어마한 현금. 그 실체가 드디어 드러난 것이다.

"사실 당연하다면 당연한 겁니다. 정부의 모든 권한을 가지고 모든 정보를 얻을 수 있는 게 정당인데, 투기 같은 거

하지 말라는 법도 없고."

국회의원들이 가장 들어가고 싶어 하는 국가조직을 뽑으라면 당연히 국토개발위원회다.

그곳에 들어가면 향후 20년간 개발될 지역의 모든 정보를 얻을 수 있기 때문이다.

개인도 그런데 정당이라고 다르겠는가?

"대리인을 세우는 거야 어려운 것도 아니고요."

"돈이 그렇게 썩어 넘친다고?"

"넘치지. 원래 선거를 할 때 쓸 돈은 정부에서 정해 놨어. 하지만 한 번도 그거 안 넘은 선거가 없었을걸."

"끄응……."

"애석하게도 한국의 정당들은 이권 단체에 가깝거든."

문제는 그곳에 접근하는 방법이다.

"지하에 접근할 수 있는 방법은 없는 건가?"

"없습니다. 군대가 들어가도 안 될 겁니다."

총격전을 시작하게 되면 불리한 것은 이쪽이다. 저쪽은 사실상 요새나 마찬가지.

"전처럼 불을 질러서 몰아낸 후에 들어가는 건 어떨까요?"

무태식의 말에 노형진은 고개를 흔들었다.

"일이 너무 커집니다. 바로 옆에 군대도 있고요."

가짜 불을 질러서 사람을 몰아낸 적이 있는 노형진이었다.

하지만 저들이 가짜 불에 물러갈 것 같지는 않았다.

그렇다고 진짜 불을 지르자니, 거기는 숲이다.

원하는 대로 된다고 해도 적지 않은 숲이 불타게 된다. 최악의 경우 주변이 홀랑 다 타 버릴 수도 있고.

"거기에다 숫자가 많은 것도 아니니 아군인 척 몰래 접근하는 것도 힘들고……."

"음……."

당혹스러운 상황에 다들 어쩔 줄 몰라 했다.

"그래서 제가 도움을 좀 받아 볼까 합니다."

"도움? 누구한테?"

"저기 위쪽에 계신 분한테요."

"누구? 유찬성 의원?"

"아닙니다. 지리적으로 위쪽에 계신 분이라고 해 두죠."

노형진은 씩 웃으며 말했다.

⚖

"북한?"

남상진은 노형진의 계획을 들으면서 입을 쩍 벌렸다.

"요즘 유명한 말이 있지. 해 본 게 없는 당 총재, 해 보지 않은 게 없는 대통령, 못 하는 게 없는 북한."

그건 현 여당 총재가 사회 경험이 별로 없는 걸 비꼬는 동시에 뭐든 해 봤다고 하는 현직 대통령의 말버릇을 비꼬는 말이다. 그리고 뭔 일만 터지만 일단 북한의 소행이라고 주장하는 현 정부를 비꼬는 말이기도 했고.

"그래서 뭐 어쩌자는 건가? 북한에 부탁해서 특작부대라도 보내자 이거야?"

"그런 건 아니야."

노형진은 고개를 흔들었다.

자신이 아무리 미쳤다고 해도 그런 짓을 할 만한 인간은 아니다. 그런 일이 벌어지면 난리가 날 것이다.

"하지만 우리 북쪽에 계신 우리 똥땡이 수령님이 남쪽에 센터 하나쯤 만들어 두고 있다고 하면 난리가 나지 않을까? 원래 스타에서도 모르고 있던 센터 하나로 전황이 확확 바뀌잖아."

"뭔 소리야?"

노형진은 씩 웃으며 말했다.

"저들의 계획에는 엄청난 허점이 있지. 저들은 1급 기밀이라고 구두로 인수인계하면서 그곳의 존재를 감춰 왔어. 그러니 해당 지역의 부대장들은 당연히 그곳의 존재를 모른 척해왔을 테고."

"그런데?"

"그 부분이 약점이야. 그들은 실체가 없는 거지. 정부에서도 모르는 존재인 셈이고. 당에서야 알겠지만, 엄밀하게 말하면 정당과 정부는 별개야. 권력을 잡았다고 해서 정부 자체인 건 아니라는 거지."

남상진은 움찔했다. 노형진이 말하는 게 뭔지 알아차린 것이다.

"존재가 드러나면 난리가 나겠군."

"그래."

정체 모를 무력 집단이 군부대 옆에 수십 년간 자리 잡고 있었다는 소리가 되니까.

"실제로 그런 일도 있었고."

"있었다고?"

"그래. 김신조 사건 아나?"

"당연히 알지."

북한에서 보낸 무장 공비가 청와대 500미터 앞까지 오는 터무니없는 일이 벌어졌던 사건이다.

그로 인해 군부대의 복무 기간이 늘어났고 주민등록제가 실시되었으며, 군대에서는 '5분 대기조'라는 것이 생겨났고 남자들이 가장 짜증 내는 예비군 제도가 생겨났다.

"그 당시 그들이 거기까지 갈 수 있었던 마법의 주문이 있었지."

"마법의 주문?"

"그래, '우리 CIC야.'라는 말이었어."

CIC는 그 당시 미국 방첩대를 뜻하는 말이었다.

그 말 한마디에 모든 군부대와 경찰이 문을 활짝 열어 줬다.

"지금도 마찬가지야."

시대는 바뀌었지만 여전히 상부를 두려워하고 윗사람이라고 하면 일단 두려워한다.

"그러니 그 부분을 노려야지."

"음……."

확실히 그렇게 하면 그곳을 없애는 것도 불가능한 일은 아니다.

노형진의 계획은 간단했다.

그 존재 자체를 드러나게 하는 것.

다만 그걸 대놓고 말하는 게 아니라 다른 식으로 드러나게 하는 것.

"그게 북한이라는 거지."

"그래."

언론에 말해 봐야 신빙성도 없을 테고, 정부에서 순식간에 입을 다물게 할 것이다.

반대 정당?

그들도 공권력을 가진 건 아니다.

그들에게 말하면 나서서 떠들어 대기야 하겠지만, 이미 그 때쯤이면 저들은 총기를 감추고 돈을 모조리 들고 다른 곳으로 이동한 후일 것이다.

그리고 그 후에는 경찰이니 검찰이니 기자니 들이닥쳐 봐야 텅 빈 집 말고는 아무것도 없을 게 뻔했다.

"그러니 그들을 제대로 털어 내려면 그들이 알기 전에 빠르게 기습해야 해."

"그게 북한이라 이 말이지?"

"그래."

북한 문제에 있어서는 정부 단체가 정당의 정치인에게 보고할 이유가 없다. 빠르게 기습해야 하기 때문이다.

"하지만 그 후에는? 그들이 가만히 있을까?"

"어쩔 건데? 자기네 돈이라고 할까?"

"그렇군. 그렇게 이야기할 수가 없겠군."

일단 북한의 소행이라고 터트린 후에 그들을 소탕하고 돈이 발각되면, 정당에서는 그 돈에 대한 소유권을 주장할 수가 없다.

그걸 주장하는 순간 자신들이 수십 년 동안 어마어마한 돈을 빼돌리고 횡령했다는 걸 인정하는 꼴밖에 되지 않기 때문이다.

"결국 그들은 자신들의 죄를 감추기 위해서라도 저 위쪽에 계신 분의 이름을 팔겠지."

뭐든 다 잘하는 북한이라고 하니 한국의 군부대 옆에 센터 하나쯤이야 그러려니 하고 넘어갈 수 있을지도 몰랐다.

"큭."

남상진은 절로 웃음이 나왔다.

그로서는 생각도 못 한 방법이었다.

"속 좀 쓰리겠군."

"이것도 자업자득의 한 부분이지."

그렇게 빨갱이 타령만 하지 않았다면, 어쩌면 감출 수 있었을지도 모른다.

하지만 뻑 하면 빨갱이 타령을 해 왔으니 감추기에는 너무나도 큰 일이 되어 버렸다.

"하지만 무슨 수로? 너도 알다시피 거기는 접근 자체가 불가능한데."

신고? 거기에 간첩이 있다고 신고해 봐야 아무런 의미도 없다.

"그러니 다른 방식으로 해야지."

"어떻게?"

"글쎄, 총격전은 어떨까?"

노형진의 말에 남상진은 멍한 얼굴이 되었다.

⚖️

부엉.

깊은 밤, 사람들이 다니지 않는 숲속.

밤새들만 울고 있는 그곳에 길리 슈트를 입은 남자 몇 명이 스윽 모습을 드러냈다.

남상진은 자신의 몸을 가리고 있는 길리 슈트를 거추장스럽다는 듯 내려다보았다.

"꼭 입어야 하나?"

"우리 목적은 저들을 까발리는 거지, 총에 맞아 죽는 게
아니잖아?"

"끄응."

"걱정하지 마. 오래는 안 걸릴 테니."

노형진은 히죽 웃었다.

"들어가자고."

노형진이 신호하자 조용히 숲으로 들어가는 사람들.

그들은 얼마 가지 않아서 숲속에 있는 기둥들과 마주쳤다.

"숲으로 들어가지는 못한다고 했을 텐데?"

저들은 바보가 아니다.

지뢰까지 설치하려고 하는 놈들이 주변 숲으로 들어오려
고 하는 사람을 가만둘 리 없다.

"넘어갈까요?"

정우찬이 철조망을 보면서 묻자 노형진은 고개를 흔들었다.

"아니요. 그럴 필요는 없습니다. 어차피 넘어가 봐야 바뀌
는 것도 없고요."

"하지만 그러지 않으면 이쪽으로 아무도 오지 않을 텐데요?"

이렇게 막고 있으니 저들이 올 가능성은 낮다.

그렇다면 남은 것은 들어가서 유인해 오는 것.

하지만 노형진은 다르게 생각했다.

"돈이라는 건 의외로 무서운 법이거든요."

"네?"

"이 철조망이 단순 철조망일까요?"

노형진은 그렇게 말하면서 거기에 뭔가를 슬쩍 가져다 댔다.

"어?"

그러자 그 물건에 달린 바늘이 이리저리 움직이기 시작했다.

"전기 철조망이군요."

"그렇지 않다면 이렇게 얇은 선으로 철조망을 만들어 둘 리 없지요."

높은 것도, 그렇다고 두꺼운 것도 아니다.

얇은 선으로 된 철조망은 누가 봐도 쉽게 뚫고 지나갈 수 있을 듯한 것이었다.

"그럼 어떻게 할까요?"

"아까 말한 거 가지고 오세요."

"아."

노형진이 말하자 정우찬은 뭔가를 가지고 왔다. 그리고 노형진은 주변에 그걸 설치했다.

"그러면 우리는 뒤로 물러납시다."

"그러지요."

정우찬이 뒤로 물러나자 남은 것은 노형진과 남상진뿐.

노형진은 품에서 절연 처리된 절단기 하나를 꺼내 들었다.

"그걸 끊는다고 전기가 통하지 않는 건 아닐 텐데?"

"알아. 하지만 끊는 순간 저쪽에서도 알겠지."

사람들은 전기 철조망이라고 하면 그냥 전기가 흐르는, 그 래서 넘어가지 못하는 철조망만을 생각한다.

하지만 그건 2차대전 때나 이용되던 것이었고, 현대의 전 기 철조망은 끊어지는 순간 그 전기의 흐름이 차단되는 것을 확인하고 자동으로 비상을 걸어 버린다.

"그리고 내가 노리는 게 그거지."

노형진은 씩 웃으면서 절단기를 철조망에 대고는 가차 없 이 잘라 버렸다.

빠직, 빠직.

작은 스파크가 튀면서 절단되는 철조망.

사람이 지나갈 만한 구멍을 낸 노형진은 잽싸게 일어나서 뒤로 물러났다.

"빠져나가자."

"음……."

남상진은 미심쩍은 표정으로 그쪽을 바라보다가 어쩔 수 없다는 듯 숲으로 들어갔다.

그리고 채 5분도 지나지 않아서 네 명의 사람들이 어둠 속 에서 나타났다.

"본부, 여기는 정찰 팀. 철조망 훼손을 파악했다. 전부 무 장하고 비상대기 하도록."

그들은 오자마자 끊어진 철조망을 확인하고는 눈을 찌푸

렸다.

"이걸 끊고 들어온 거야?"

"그런 것 같은데?"

"누구지?"

"그건 모르지. 하지만 여기까지 들어온 걸 보면 보통 도둑은 아니야."

일반적인 도둑이라면 벌써 걸렸어야 한다.

그런데 전기 철조망을 끊고 안으로 들어온 흔적이 있었으니 분명히 일반 도둑은 아니다.

"최만순 그 자식이 또 좋다고 실실 웃겠군."

"그 새끼 얘기하지 마, 씨발. 나도 그 새끼가 히죽 웃는 거 보면 소름이 돋는다고."

그들은 그렇게 말하면서도 그다지 긴장은 하지 않았다.

당연하다면 당연한 게, 그들은 현재 무장한 상태였기 때문이다.

당연히 상대방이 누구든 당할 거라고는 생각도 하지 않았다.

정부에서 여기에 올 리도 없고, 일반 도둑이 자신들을 제압할 정도의 화력을 가지고 있으리라고는 보기 힘드니까.

"일단 이곳은 차단하고 주변을 수색해. 다른 사람들이 오기 전에 그놈들 찾아야지."

주변을 두리번거리면서 들어온 사람을 찾으려고 하는 경비원들.

그때였다.

"너, 그거 뭐냐?"

"응?"

"옷에 뭐가 묻었는데?"

"뭐가 묻어?"

무심결에 고개를 숙이니 가슴에 뭔가 붉은 것이 보였다.

"이게 뭐지?"

무심결에 털어 냈지만 그건 떨어지지도 않고 그대로 있었다.

순간, 다른 한 명이 기겁하면서 소리를 질렀다.

"숙여! 당장!"

타타탕!

그 순간 사방에서 들리는 총소리.

그 소리에 그들이 바닥에 납작 엎드렸다.

그러자 그 뒤에서 뭔가 팡팡하고 터지는 소리가 들려왔다.

"이런, 썅!"

그제야 그들은 그 붉은 점이 단순히 뭔가 묻은 게 아니라
레이저 포인터라는 사실을 알아차렸다.

"이 병신 새끼야! 고춧가루가 발광이라도 하는 줄 알아!
이 밤중에 그게 보이겠냐!"

거칠게 욕한 남자는 어둠 속을 향해서 총을 들었다.

"뭐 해!"

"뭐 하긴, 병신아! 저쪽에서 총을 쏴 대잖아! 그냥 죽을래!"

아차 싶은 나머지 사람들 중 두 명이 황급하게 어둠 속을 향해서 무차별적으로 소총 사격을 가했다.

그리고 그럴수록 저쪽에서도 탕탕 소리가 더 크게 들려왔다.

드르르르륵!

"으악! 엎드려!"

단순한 총소리가 아니었다.

기관총, 그것도 중기관총의 소리가 들려오자 그들은 바닥에 납작하게 엎드렸다.

곧 그 뒤에서 '퍽, 퍽' 하고 뭔가 터져 나가는 소리가 계속 들려왔다.

"본부! 본부, 여기는 순찰 팀! 적에게 공격받고 있다. 다시 말한다! 적에게 공격받고 있다! 적들은 중기관총까지 가진 일개 중대 이상의 병력이다!"

타타탕!

누군가 비명에 가까운 소리를 지르고, 누군가는 이쪽으로 무차별적으로 사격을 하고 있었다.

그리고 약간 떨어진 공간에서 노형진은 그들의 원맨쇼를 감상하고 있었다.

"걸리는군."

"말했잖아, 걸릴 거라고."

노형진은 피식 웃으며 말했다.

"요즘은 게임에도 공을 많이 들이거든."

노형진은 핸드폰을 흔들며 말했다.

"게임에서 총소리를 추출해서 가지고 왔지, 후후후."

애초에 여기서 난 총소리와 기관총 소리는 진짜로 나는 소리가 아니었다.

그러나 그렇다고 어쭙잖게 화약을 터트려서 내는 소리도 아니었다.

전문가라면 그걸 구분할 수 있을 테니까.

그렇다고 군대에 가서 '녹음할 테니 총 쏴 주십시오.'라고 할 수는 없는 노릇.

"그래서 게임에서 추출했다고? 요즘 게임은 이런 식으로 만드나?"

"그럼. 네가 게임을 하지 않으니까 모르는 거지, 후후후."

노형진은 이 리얼리티를 살리기 위해 어떤 게임에서 그 소리를 추출해서 가지고 왔다.

FPS 게임인 그 게임은 리얼리티를 살리기 위해 실제 총기를 마이크 바로 옆에서 사격해서 만들었다.

그것도 각 총기별로 그리고 각 거리별로 일일이 녹음해서 만든 소리였으니, 야심한 밤에 좀 훈련받은 사람에게는 총소리로 들릴 수밖에 없었다.

탕, 탕, 탕!

그 와중에 노형진은 그들을 속이기 위해 레이저 포인터까지 설치했다.

원격으로 움직일 수 있는 장치에 달려 있는 레이저 포인터는 이리저리 움직이면서 사람을 노리는 것처럼 쏘아 냈고, 총소리에 자신을 노리고 있다고 생각한 그들은 훈련받은 대로 반격할 수밖에 없었다.

"이게 훈련의 함정이지."

정해진 순서대로 자동으로 반격하는 것.

노형진은 그 점을 알고 있었고, 바로 그 점을 이용해 살짝 장난을 친 것이다.

파직.

뭔가 부서지는 소리와 함께 카메라가 꺼졌다.

"설치한 카메라가 부서졌습니다."

"뭐, 상관없습니다."

어차피 부서져도 상관없다.

아깝기는 하지만, 그렇다고 해도 사람이 저렇게 총알이 날아오는 곳에서 직접 촬영할 수는 없지 않은가?

어둠 속이라 제대로 조준은 못 하고 있다고 하지만 눈먼 총알이라는 말은 그냥 생긴 게 아니다.

"이제 철수합시다. 바깥에 다른 정보 팀원들도 준비되었지요?"

"네. 가서 영상만 넘기면 됩니다."

"자, 대한민국을 한번 발칵 뒤집어 볼까요?"

—속보입니다. 어젯밤 야간 촬영을 간 촬영 팀이 일단의 집단에게 총격을 받았습니다. 여름 납량 특집을 촬영하려간 촬영 팀은 총격을 받고 다급하게 도망쳐서 다행히 인명 피해는 없었지만, 그 와중에 카메라 두 대가 적의 총격에 부서지는 사고가……

　—전문가는 상대방의 총소리가 한국군이 사용하는 K2 소총이 아니라 G36 소총의 소리라는 점을 확인했으며……

　—정부 관계자는 이번 사태를 일으킨 집단이 북한에서 보낸 일단의 무장 공비라는 의견을……

　거기까지 보던 노형진은 텔레비전을 꺼 버렸다. 그리고 맞은편에 있는 남상진을 바라보았다.

　"어때?"

　"난리가 났더군."

　노형진의 예상대로였다.

　그날 밤 촬영한 영상에 적당히 비명을 덧씌워서 방송으로 보내 버리자 사람들은 난리가 났고, 다른 곳도 아니고 한국의 한복판, 그것도 군부대 옆에 북한의 특작부대가 들어와 있다는 사실에 국민들은 공포와 분노로 부들부들 떨었다.

　"그나저나 북한이라고 말한 정부 관계자는 누구야? 어?"

　"그게 중요한가?"

"뭐?"

"그게 중요하냐고. 언론에서 말하는 정부 관계자가 누구인지, 언제 나온 적이 있었어?"

"설마……."

노형진은 씩 웃었다.

애초에 정부 관계자라는 말은 없었다. 그저 자신이 만들어 낸 말일 뿐이다.

"허."

"그러면 이제 정부는 선택해야 하지."

주변에서 말하는 대로 진짜 북한의 소행으로 몰아가든가, 아니면 정부의 예산을 빼돌려서 감춰 둔 정당의 은신처이며 그들이 현행법을 대놓고 무시하고 무장까지 하고 있었다는 걸 인정하든가.

"군부대라고 하지 않을까?"

"내가 왜 총기 종류까지 공개했는데."

"독한 놈."

K2였다면 군부대의 오해였다고 실드 칠 수 있을 것이다.

하지만 한국에는 G36을 주력으로 쓰는 부대가 없다.

일부 특수부대가 부무장으로 연습할지는 몰라도 주 무장은 다 한국의 K 시리즈다.

"그리고 내 덕분에 너는 깔끔해졌잖아?"

"너한테 의뢰한 게 나이기는 하다만, 너는 새론보다는 차라리 다른 곳을 갔어야 했다."

함정을 파는 솜씨가 깔끔하다 못해서 우아할 지경이다.

애초에 남상진이 노형진에게 의뢰를 맡긴 것은 사고가 났을 때 새론에서 자신을 추적할 가능성이 있었기 때문이다.

"하지만 그럴 수 있겠어?"

이미 저들은 북한군이라는 오명을 뒤집어썼다.

그리고 거기서 그가 나타나면 그 오명은 벗겨지고 그 죄는 모 정당에 쏠릴 수밖에 없다.

당연히 정부와 정당은 어떻게 해서든 그를 은폐시켜야 한다.

"네놈을 지우는 건 여기까지고, 지금부터는 이제 내 일이지."

노형진은 씩 미소를 지었다.

⚖

펙!

군홧발에 가슴팍을 맞은 대령은 허공을 날아서 바닥을 굴렀다.

하지만 투 스타의 분노는 꺼지지 않았다.

"이런 개새끼야! 너 미쳤어? 이런 걸 보고도 안 해?"

"그게…….."

"야, 이 씨발 새끼야! 인수인계를 하려면 똑바로 하든가!"

그에게 처맞고 있는 사람들은 그 옆에 있는 부대의 장교들과 최근에 그 부대를 거쳐 간 장교들이었다.

"이런 미친 새끼들아!"

난리가 난 후에 정부는 해당 지역에 있는 부대에 상황 파악을 지시했고, 해당 부대장은 국가 보안 시설에 접근하려고 하던 사람들에 대한 사격이 있었다고 보고했다.

그러나 정부 입장에서는 당황스러울 수밖에 없는 게, 거기에 보안 시설이 있다는 소리는 금시초문이었던 것이다.

당연히 그런 건 없다고 했고, 국방부와 해당 부대장 그리고 그 부대를 관리하는 장군은 난리가 났다.

'염병할.'

투 스타는 자신의 커리어가 끝장났다는 걸 이미 알고 있었다.

북한에 관해서는 간첩 하나라도 놓치면 관련 부대 장교들은 모조리 모가지가 날아가는 판국에 한두 명도 아니고 완전무장 한 북한 무장 세력이 부대 옆에 있었으며 그것도 부대의 보호까지 받고 있었다는 사실은, 그의 커리어를 끝장내는 정도가 아니라 그가 수감 생활을 하는 데 충분하다 못해 넘치는 조건이었다.

예로부터 작전에 실패한 장군은 용서해도 경계에 실패한 장군은 용서하지 못한다는 말이 그냥 생긴 게 아니었으니까.

"이 새끼들아, 도대체 어떤 면에서 1급 보안이라고 하니까 다 넘어간 거야?"

"……."

"대가리에 총 맞았냐? 어? 상급 부대에 존재 확인 안 해?"

"……."

해당 부대의 장교들은 할 말이 없었다.

지금까지 계속 입으로만 입으로만 전해진 것이기 때문이다.

괜히 보안 시설 뒤를 캐고 다니면 자신들의 커리어가 무너질까 봐 그러려니 하고 묻어 둔 것이 탈이었다.

그게 바로 노형진이 말한 'CIC 효과'였다.

저들은 자신들에게 불이익이 올까 봐 군대에서도 규정을 지키지 않는다. 그러니 그들 시설에 대해 물어보지도 않았던 것이다.

물어봤다가 네가 왜 거기에 대해 캐고 다니냐는 말 한마디면 그의 인생은 끝이니까.

"으…… 염병할! 지금 위에서 뭐라는지 알아?"

안 그래도 지난번에 군대 내에서 북한군 간첩들이 다수 나오는 바람에 국방부와 국정원은 사이가 제대로 틀어져 버렸다.

그래서 서로 으르렁거리고 있었는데, 국정원은 아직도 군 수뇌부에 빨갱이가 남아 있다면서 다 처죽여야 한다고 들고 일어나서 난리 법석을 떨고 있었다.

오늘 아침에는 검찰이 와서 자신의 집에 있는 모든 물건을 털어 갔다.

심지어 아들이 모아 둔 야동까지 모조리 털어 갔다, 영상으로 정보를 전달하는 방법도 있다면서.

"죄송합니다."

힘겹게 말하는 대령.

"죄송? 이게 지금 죄송으로 해결될 말이야?"

국방부는 뒤집어졌고, 주변에 있던 군인들은 모조리 동원되어서 그곳을 이중 삼중으로 포위하고 있었다.

그런데 정작 가장 가까이 있던 자신들은 한통속일 위험이 있다면서 모두 배제된 채로 처분만 기다리고 있는 상황.

이게 고작 하루 만에 벌어진 일이다.

"장군님……."

"후우, 그만두자……. 현장 상황은 어때?"

"그쪽에서는 반응이 없습니다. 투항을 종용하고 있다고는 하는데……."

"끄응……."

장군은 머리를 부여잡았다.

"우리는 이제 끝났어."

그의 말에, 거기에 있던 모든 장교들은 고개를 푹 숙일 수밖에 없었다.

⚖️

"뭐라고? 연락이 안 돼?"

"네, 연락할 방법이 없습니다."

"큭."

최재철은 갑작스럽게 벌어진 상황이 이해가 가지 않았다.

이 미친놈들이 갑자기 민간인에게 총을 갈겨 대는 바람에 수십 년간 감춰 둔 비밀 금고가 드러났기 때문이다.

"접촉할 수 있는 방법이 없어?"

"없습니다. 주변에 전파방해 장치가 깔려 있는 데다가 인터넷이고 전화고 모조리 끊어 놨습니다. 개미라도 한 마리 들어가면 총알이 날아올 판국입니다."

"미친……."

최재철은 그답지 않게 입술이 바짝바짝 말랐다.

"정부에 뭐라고 해 볼 수 있겠어?"

"안 됩니다. 여기서 그들을 구하려고 하면 우리가 도리어 독박을 씁니다."

이미 그들은 정부에 의해 빨갱이로 못이 박혀 버렸다.

안 그래도 현 정부는 안보 장사로 짭짤한 수익을 내고 있어서 사방팔방에 빨갱이 타령을 해 놨다. 이제 와서 무마하기에는 일이 너무 커진 상황.

"현재 정부에서도 아차 싶었는지 어떻게 해서든 무마하랍니다."

"내가 전지전능한 신이라도 되는 줄 알아? 나도 한계가 있다고!"

자신이 아무리 방송을 쥐고 흔들고 있다고 해도, 그렇다고 해서 자신이 모든 것을 다 해결할 수 있는 것은 아니다.

당장 인터넷이고 팝 캐스트고 다 그들에 대한 이야기를 떠들어 대는데 정부와 언론만 그에 대해 입을 다무는 것도 말이 안 된다.

더군다나 정부에서 제일 좋아하는 북한 관련 사건인데 말이다.

"전에 통제하려다가 실패한 거 몰라? 말이 되는 소리를 해야지!"

"하지만 당에서는……."

"씨발, 그러면 제대로 일을 처리하든가! 미친놈을 데려다 두고 사고 쳤으니 나한테 처리하라고 하면 나더러 뭘 어떡하라는 거야!"

당에서는 어떻게 해서든 은폐하라고 하지만 이건 은폐될 만한 성향의 일이 아니었다.

지난번에는 은폐하려고 하려다가 도리어 야당 국회의원들이 냄새를 맡고는 북한에 동조하는 것이냐며 방송국 사장을 국정원과 검찰에 고발하는 바람에 일이 크게 틀어질 뻔했다.

"염병할……."

사실 그 돈에 대해서는 그도 몰랐다. 현직 대통령과 극히 일부 수뇌부만 알고 있었던 것이다.

그러니 모르고 당한 최재철 입장에서는 미치고 팔짝 뛸 일이다.

"당에서는 어떻게 해서든 연락해 보랍니다."

"미친 새끼들! 내가 대통령이야! 대통령이냐고!"

아무리 자신이 어둠 속 대통령이라고 하지만 군 통수권자도 못 하는 것을 자신이 어떻게 한단 말인가.

설사 어떻게든 한다 해도, 그랬다가 걸리면 자신에게 뒤집어씌워지는 것은 빨갱이라는 누명뿐이다.

'그러니 자기들이 나서지 못하는 것이겠지.'

혹시라도 알려지면 자신들이 그들과 동조했다는 소리가 나올까 봐 그들은 최재철을 방패로 세우고 몸을 사리는 것이다.

그 아래에 있는 놈을 동원하자니 힘이 부족하니까.

'미치겠네.'

최재철은 속에서 분노가 치밀어 올랐지만 당장 할 수 있는 게 없었다.

"일단은 최대한 내부의 사정을 알아봐."

⚖️

최만순은 미치고 팔짝 뛰는 기분이었다.

잘 자고 일어났더니 졸지에 자신이 북한군이 되어 있었다.

지금도 문 바깥에서는 군인들과 국정원 그리고 심리 전단에서 계속 투항을 종용하고 있었다.

"사장님, 어떻게 해야 합니까?"

부하들도 잔뜩 긴장한 채로 어쩔 줄 몰라 하고 있었다.

훈련을 받고 경비에 동원되기는 했지만 이들은 북한군이 아니다. 그런데 갑자기 북한군으로 오해받고 있으니 미치고 팔짝 뛸 상황이리라.

"본사에서는 아직 연락이 없어?"

"할 방법이 없습니다."

하고 싶어도 모든 수단이 차단되었다.

인터넷도 전화도, 심지어 나가는 것도 안 되는데 무슨 수로 연락을 주고받는단 말인가?

"사장님, 그냥 투항하는 게 어떨까요? 오해라고 하면……."

"씨발, 그걸 말이라고 해!"

최만순은 그렇게 놔둘 수 없었다.

아니, 다른 사람은 몰라도 그는 그럴 수가 없다.

그는 벌써 사람을 몇 명이나 죽였다.

만일 나가서 투항하면 당연히 이 주변의 실종자에 대한 수사가 시작될 것이다.

그렇게 되면 모든 죄는 자신이 뒤집어쓰게 된다. 아니, 자신이 저지른 것임이 드러나게 된다.

그렇게 된다면?

한국은 사형을 집행하는 나라가 아니니 최소한 죽지는 않을 것이다. 그러나 영원히 바깥으로 나가지는 못할 것이 뻔했다.

"절대로 그럴 수는 없어. 여기에 뭐가 있는지 몰라서 그래? 오해라고 말한다고 한들, 그게 풀릴 것 같아?"

"……."

"그리고, 보면 몰라? 저들은 우리를 이미 빨갱이라고 못을 박아 놨어. 어찌 되었건 나가면 죽어!"

"하지만 사장님……."

"닥쳐! 기다리면 본사에서 어떻게 해서든 해결책을 만들 거야. 시간이 지나면 어떻게 해서든 부대를 물리겠지."

"……."

부하들은 떨리는 마음을 애써 진정시켰다.

마음 한편으로는 그 말을 믿었다.

현 정부를 이끄는 정당이 설마 자신들 하나 못 꺼내 주겠냐는 생각도 하고 있었다.

"어차피 식량은 충분하고, 저들도 당장 쳐들어올 생각을 하는 건 아니잖아?"

"그건 그런데……."

"한 일주일 정도 버티면 오해 풀고 물러날 테니 입 닥치고 있어!"

바깥에서 얼마나 난리가 났는지 모르는 그들은 그렇게 간단하게 생각했다.

그럴 수밖에 없는 게, 그들은 노형진이 촬영해서 공중파와 인터넷에서 때려 버린 것을 전혀 모르고 있다.

그러니 총소리에 군대가 움직인 거라고 단순하게 생각할 뿐이었다.

"어차피 한두 번 겪어 보는 거 아니잖아. 입 닥치고 있으면 한국 놈들 오래가는 거 봤어?"

"네."

그들은 고개를 끄덕거렸다.

하지만 노형진은 그렇게 놔둘 생각이 전혀 없었다.

⚖️

"시간 끌기?"

"그래. 아무래도 시간이 지나고 주변이 잠잠해지면 어떻게든 물러나게 할 모양인 것 같더군."

"그렇겠지."

노형진은 느긋하게 말하면서 서류를 옆으로 내려놨다.

그 모습에 남상진은 의심스럽다는 표정으로 바라보았다.

"예상한 듯한 모습이군."

"하지 않았다면 거짓말이겠지. 그들의 행동 패턴은 뻔한 거 아냐?"

"뭐?"

"어찌 되었건 현 여당이야. 일단 시간을 끌면 과연 그들을 구하지 못할까?"

"음……."

"아마 조만간 연예인들에게서 엄청난 스캔들이 터져 나오겠지. 자연스럽게 사람들의 시선은 그쪽으로 향할 테고, 정부에서는 보안 시설에서 벌어진 일종의 해프닝 정도로 몰아서 무마하겠지."

거기까지 들은 남상진은 눈을 찌푸렸다.

그동안 거창하게 작전을 짜더니, 이렇게 될 걸 알고 있었다고?

"그러면 우리가 지금까지 노력한 건 의미가 없지 않나?"

"의미가 없기는. 일단 당에서는 난리가 났잖아."

"내가 원하는 건 그게 아니라는 걸 알 텐데?"

자신이 관련된 모든 기록이 사라지기를 원하는 것이다.

"알아. 그러니까 느긋한 거고."

"뭐?"

"지금 양쪽이 무서워하는 건 뭘까?"

"응?"

"그렇잖아. 양쪽 모두가 두려워하는 게 한 가지 있어. 그게 뭘까?"

"글쎄……."

남상진은 잠깐 고민했다. 그리고 곧 두려워하는 것을 알아냈다.

"투항이군."

"딩동. 정답."

투항하면 결국 최만순은 사실대로 말하게 될 테고, 그러면 사실상 당은 와해될 것이다. 무너지지야 않겠지만 자신들의 가장 큰 힘인 비자금을 빼앗기게 될 가능성이 높다.

"반대로 투항하게 되는 상황이 온다면, 최만순은 버려진 꼴인 셈이지. 양측 다 절대로 감안하지 않는 카드일 거야."

"그래서?"

"하지만 그 둘은 서로 소통을 못 하지. 그중 누가 배신할지 누가 알겠어?"

남상진은 얼굴에 썩소가 올라갔다.

"경찰이 공범을 취급할 때처럼 완전히 격리시키고 붕괴시키겠다 이거냐? 애초부터 노린 거고? 재미있군."

"후후후."

노형진은 상황이 이렇게 될 줄 알고 있었다.

저들이 지금 상황을 해결할 가장 좋은 방법은 바로 시간을 끄는 것이다.

지금쯤이면 당에서 정부에 한마디 했을 테니 군대는 절대로 저들을 무력으로 진압하지 않는다.

하나 그렇다고 저들을 풀어 주자니, 당장 보고 있는 사람이 너무 많다.

"애초부터 시간을 끌면서 사람들의 관심이 사라지기를 기다리겠지."

그리고 관심이 무뎌졌을 때쯤 해서 적당히 핑계를 대고 무마할 것이다.

　전원 투항 후 귀순이라는 형태를 하든가 알고 보니 각 부처 간 오해라든가.

　하여간 거짓말할 건수는 많으니까.

　"그러면 어쩔 생각이지?"

　"경찰들이 그 방법을 많이 쓰는 데는 다 이유가 있어."

　경찰은 공범들을 구분해서 가둬 두고 심문한다.

　따로 심문을 받기 때문에 서로의 상황에 대해 잘 알 수가 없어, 결국 누구 하나는 먼저 입을 열게 되기 때문이다.

　"그러니 누군가 배신했다고 생각하게 하면 되는 거야."

　"하지만 무슨 수로?"

　"내가 전에 했던 말 기억해?"

　"어떤 말?"

　"나 CIC야."

　"엉?"

　그게 이번에는 어떤 효과를 발휘한다는 건지, 남상진은 전혀 이해할 수가 없었다.

⚖

　"국정원에서 나왔습니다."

신분증을 내미는 남자의 말에 군 관계자들은 잔뜩 긴장했다.

"어떤 일로?"

"중요한 정보가 있어서, 그에 관해서 부대를 빼야 할 듯합니다."

"중요한 정보?"

"내부에서 싸움이 벌어졌습니다. 일부 세력이 투항을 조건으로 이틀 후 새벽에 나올 겁니다."

"네? 그게 확실합니까?"

"네, 확실합니다."

"험!"

군 관계자들은 전혀 듣지 못한 말인 듯 어리둥절한 표정이 되었다.

하지만 한편으로는 그들의 말이 조금은 이해가 갔다.

'어쩐지.'

모든 통신을 차단했다고 하지만 국정원인 만큼 어떤 연결 방식이 있을지도 모른다는 생각. 그리고 절대로 돌입하지 말라고 했던 명령.

사실 일이 이쯤 되면 자폭하든 무차별적으로 사격하든 하는 게 정상인데 아무런 반응도 없는 저들의 행동.

"아마도 아침에 다른 자들이 잠든 사이에 투항파가 저항파를 제압하고 나서 투항하려고 할 겁니다. 그러니 약간의 소란이 있어도 절대로 대응하지 마십시오."

"하지만 투항파가 지면요?"

"수적으로는 투항파가 유리합니다. 그리고 저항파는 잠을 자고 있도록 근무를 짰으니까요. 설사 진다고 해도 우리가 손해 보는 건 없지요."

군인들은 다들 고개를 끄덕거렸다.

자신들은 손해 볼 게 없다. 자신들은 포위만 하고 있을 뿐이니까.

저들이 치고받고 싸운다고 해서 문제가 될 것은 없다.

"그러니 절대로 아침에 공격하지 마세요."

"알겠습니다."

"그리고 이번 사항은 절대 1급 기밀인 거, 아실 거라 믿습니다. 이게 저쪽으로 들어가면 계획은 실패합니다."

군인들은 고개를 끄덕거렸다.

"그러면 전 이만 돌아가지요."

국정원 요원은 그곳을 떠났고, 몇몇 장교들은 서둘러 해당 사실을 부대에 전파하기 시작했다.

하지만 그들은 마음이 급한 나머지 멀어지고 있는 장교의 입에 걸린 작은 미소를 보지 못했다.

"뭐!"

쾅!

회의 중이던 최재철은 보고를 받고 손이 부들부들 떨렸다.

"그게 사실이야?"

"네, 군부대에서 나온 말입니다. 아마도 누군가 안에서 쪽지 같은 걸 준 모양입니다."

"이런 미친 새끼!"

이런 사건에서 가장 정보를 빨리 얻는 것은 다름 아닌 군부대다.

가장 가까이에 있으니, 부하의 말대로 돌에 쪽지를 묶어서 연락하는 게 가능하기 때문이다.

그런데 그런 부대를 통해 언론에 정보가 흘러나왔다.

일부 세력이 저항파를 제압하고 투항하기로 했다, 작전시간은 이틀 후 새벽.

"그게 언론에서 흘러나와!"

"아무래도 내부에 있는 장교 중 누군가 흘린 모양입니다."

"이런 미친 새끼들!"

돈만 준다면 특종을 팔아먹을 장교들이 넘친다는 것은 익히 알고 있는 사실이다.

애초에 돈만 주면 국가 기밀도 팔아먹는 장군이 수두룩하니 특종 정도는 충분히 팔아먹을 것이다.

물론 외부에 당장 뉴스화하지는 않을 것이다.

아무리 기레기가 넘친다고 해도 섣불리 이야기할 것은 아니라는 사실은 알 테니까.

하지만 분명히 기자들이 내일부터 그 앞에 죽치고 앉아서 투항하는 사람들이 줄줄이 나오는 것을 찍기 위해 기다릴 것은 뻔한 일.

"이런 미친놈들! 그새를 못 기다리고!"

그곳은 물도, 식량도 충분히 있다. 더군다나 지하 벙커도 있다. 그런 만큼 버티려고 한다면 얼마든지 버틸 수 있다.

그런데 투항이라니.

"멍청한 자식들."

차라리 부모가 와서 설득이라도 한 거라면 모를까.

그들이 그런 곳에서 일하는 건 부모도 모르는 일이다. 그러니 부모가 와서 설득한 것도 아닐 것이다.

하지만 일부가 겁을 집어먹고 투항하려고 하는 것은 분명해 보였다.

'그러면 안 되는데…….'

자신도 몰랐던 돈이라고 하지만 그 돈이 새어 나가면 국민들이 자신들을 어떻게 볼지는 너무나 뻔하다.

국민들의 지지와 돈을 잃어버리면 당이 위험해진다.

"큭, 회의는 이쯤에서 끝내지."

"네?"

"VIP를 뵙고 와야겠어."

"하지만 위원장님."

"그 말이 사실이면 회의가 무슨 소용이지? 지금까지 회의 해서 무슨 방법이 나왔나?"

"……."

아무도 아무 말 하지 못했다. 방법이 안 나왔으니까.

도리어 이런 예민한 정보를 다른 곳도 아니고 기자를 통해 얻었다는 것은, 지금 상황이 자신들의 통제를 벗어났다는 뜻 이다.

"상황이 급하니 당장 올라가야겠어. 당장 전화드려!"

"네."

서둘러 바깥으로 나가면서 최재철은 이를 빠드득 갈았다.

'멍청한 놈들.'

하지만 방법이 없었다.

'본인 스스로의 미래를 선택한 거다.'

그는 그렇게 생각하며 이를 갈았다.

⚖️

"예상대로 될까?"

"될걸. 지금까지 최만순이 보여 준 모습을 보면 말이지."

아침에 부대가 물러나면 최만순은 분명히 정찰병을 보낼 것이다.

그는 전직 군인답게 지금까지 모든 것을 군의 기본 작전에 기반해 움직이고 있다.

지뢰를 요구한 것도 그중 하나일 가능성이 있다.

물론 경비라는 애초 목적은 아득하게 넘는 행동이었지만.

"그를 붙잡는 게 이번 사건을 뒤집는 카드가 될 거야."

저들은 지금 바깥의 상황을 모른다. 그저 자신들이 군부대로부터 오해를 받고 있다고 생각할 것이다.

하지만 바깥으로 나왔을 때, 그리고 그가 사로잡혔을 때 현실을 알게 된다면, 대부분의 사람들의 반응은 똑같을 것이다.

"경비원이라는 것은 결국 직업의 하나일 뿐이니까."

그들이 아무리 실력이 있다고 해도 충성이나 신념을 가지고 그곳에 있는 게 아니었다. 돈을 주니까 일로서 거기에 있었던 것뿐이다.

만일 바깥으로 나왔을 때 자신의 생각과 다른 상황이 벌어졌다면 그는 입을 열 수밖에 없다.

자신의 가족들을 간첩의 가족으로 살게 할 수는 없을 테니까.

"그러면 우리의 복수는 끝나는 거지."

남상진은 상당히 흡족한 표정이었다.

이번 사건에서 자신과 노형진 그리고 새론은 어떠한 모습도 보인 적이 없다.

그저 우연히 방송국 팀이 공격을 받았을 뿐.

"하지만 당분간은 나도 몸은 좀 사려야겠군. 어찌 되었건 이번 일이……."

쾅.

그 순간 울리는 소리.

노형진은 그 소리에 자신도 모르게 고개를 돌렸다. 그리고 그쪽에서는 연이어 쾅쾅 터지는 소리가 들려왔다.

"저쪽은?"

지금 노형진과 남상진은 상황을 살피기 위해 현장으로 가는 중이었다.

그런데 '쾅!' 하는 소음은 그쪽에서 들리고 있었다.

"뭐야? 저거 설마……?"

숲 한가운데에서 무럭무럭 피어오르는 연기.

그리고 그곳에서는 계속해서 폭음이 터져 나오고 있었다.

"설마?"

"저런, 미친!"

남상진조차도 질려 버린 표정으로 그곳을 바라보았다.

연기가 올라오는 그곳.

그곳은 다름 아닌 자신들이 노리고 있는 아지트였다.

부아아앙!

노형진은 그걸 보고 다급하게 가속페달을 밟았다.

하지만 채 5분도 가지 못해서 길을 막고 있는 일단의 병력에 막혀 버렸다.

"여기서부터는 못 들어가십니다."

"지금 저거 뭡니까? 네?"

"지금 무장 공비를 소탕 중입니다."

"소탕요? 저게 무슨 소탕입니까!"

연이어 쏟아지는 포탄.

그 포탄은 한 치의 오차도 없이 그 집을 포격하고 있었다.

"돌입 작전은 아군의 피해가 예상되어 포기했습니다."

"그걸 말이라고⋯⋯!"

사정을 이야기하지 못하는 노형진은 그저 차에서 내려서 그 집 쪽을 멍하니 바라볼 뿐이었다.

"미친놈들."

평소 차가운 남상진조차도 어이없다는 듯 중얼거렸다.

이제는 포격이 멈추고 연기만 풀풀 풍기는 그곳의 광경을, 두 사람은 눈을 떼지 못하고 한참이나 멍하니 바라볼 수밖에 없었다.

⚖️

−이번 사건으로 인해 그곳에 있던 사십여 명의 무장 공비는 전원 사살되었으며, 그곳에서는 다수의 무기가⋯⋯.

−정부에서는 아군의 피해를 막기 위한 불가피한 조치였다고⋯⋯.

−국민들은 정부의 결단에 대해 우호적인 시선을⋯⋯.

−현장에서는 한화로 대략 8천억 정도의 돈이 발견되었으며, 이는 북한이 한국에 있는 자신들의 지원 세력을 지원할 목적으로⋯⋯.

거기까지 들은 노형진은 텔레비전을 꺼 버렸다.

"개자식들."

자신은 그들이 나와서 사실을 말하기를 원했다. 그래서 애써 공들여 함정을 판 것이다.

그러나 그들은 그걸 막기 위해 그 집에 수십 발의 포탄을 쏟아부었다.

아무리 집이 튼튼하다고 한들 그 포탄을 이겨 낼 수는 없었다.

결국 그곳에 있던 사람들의 시체조차도 찾지 못할 정도로 그 지역은 초토화되어 버렸다.

"그렇게까지 할 줄은 몰랐다."

남상진도 과거와 다르게 약간 당혹한 모양이었다.

"나 역시."

노형진이 실수한 것.

그건 저들이 이렇게 극단적으로 반응할 거라고 예상하지 못한 것이다.

사실 군대에 이야기하면서 언론에 나갈 가능성 역시 감안했다.

하지만 그렇다고 해도 정부에서는 뭘 어찌할 수 없을 거라 생각했다.

그러나 그들은 간단한 방법으로 모든 걸 지워 버렸다.

바로 몰살.

그 포격으로 모든 것이 박살 났다. 그곳에 있던 서류들도 모조리 불타 버렸다.

"무려 8천억이다. 그런데 그걸 포기한다고?"

"다른 곳에 다른 벙커가 있겠지."

노형진의 말에 남상진은 눈을 찌푸렸다.

하지만 딱히 부정은 하지 않았다.

정치인들이 어떤 놈들인데 비자금을 한곳에 모아 두는 멍청한 짓을 하겠는가?

"확실한 건, 네가 우려하던 일은 이제 벌어지지 않을 거라는 거다."

"큭, 마냥 좋아할 수는 없군."

북한의 도발로 못을 박았으니 더 이상 추적하는 것을 정부에서 인정하지는 않을 것이다.

그러니 이제 남상진은 안전하다.

'하지만 그 대신에 약 마흔 명의 실종자가 남았지.'

아니, 그 이상이 될 수도 있다.

그곳에서 일하던 사람들의 가족들은 여전히 남편이, 아들이 돌아오기를 기다리면서 뉴스를 보고 있으리라.

그곳에서 그가 죽은 것도 모르고.

"어찌 되었건 당분간은 네놈을 보고 싶지 않군."

"나 역시."

단순히 미친 살인마 하나 없애자고 시작한 일이 이렇게 되자 노형진은 약간 정신적인 피로감을 느낄 수밖에 없었다.

그리고 한편으로는 약간의 공포감도 느낄 수밖에 없었다.

무려 8천억을 포기하고 은폐할 정도라면, 도대체 그들이 가진 돈이 얼마인지 감도 잡지 못할 지경이었다.

"이번 사건은 결국 이렇게 씁쓸함 빼고는 남는 것이 없군."

"정치란 게 원래 그런 거 아닌가?"

너무나 날카로운 남상진의 말에, 노형진은 그저 씁쓸하게 웃는 것 말고는 할 수 있는 게 없었다.

다음 권으로 이어집니다

200평 초대형 24시 만화방

수면실 (침대식) ─ 사우나석

다인석 ─ 샤워실

세탁기 ─ 신간100%

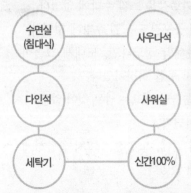

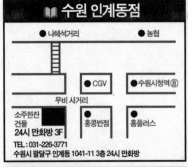

국회의원 이성윤

ROK MODERN FANTASY STORY

이해날 현대 판타지 장편소설

『어게인 마이 라이프』『판사 이한영』에 이은
이해날표 정치물 신작!
『국회의원 이성윤』

한국 정치에 관한 예지몽을 꾼 이성윤
미래를 뒤집기 위해 비주류를 당선시키고
능구렁이 재벌 의원과 연합하며
정치계의 킹메이커로 떠오르다!

하지만 꿈속의 철천지원수와 맞닥뜨리며
예측 불허의 상황에 빠져드는데……

그가 향하는 곳에 새 시대의 대통령이 있다?
어디서도 보지 못한 정치판이 펼쳐진다!